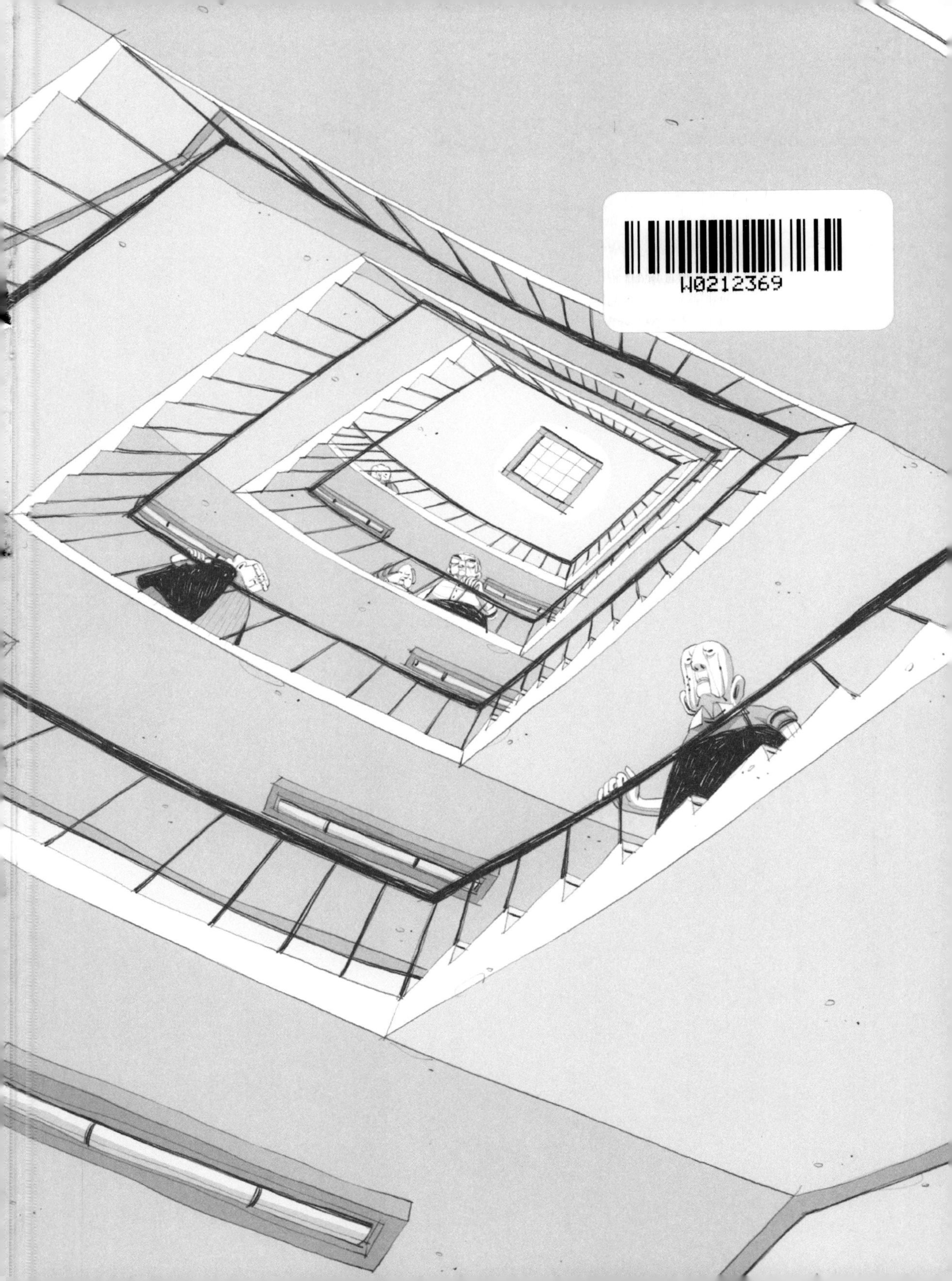

Daniel Cuello

Residenza ARCADIA

bao PUBLISHING

Lettering e impaginazione
Officine Bolzoni con Sara Bottaini

Supervisione
Michele Foschini

Proofreading
Leonardo Favia
e Francesco Savino

Via Leopardi 8 – 20123 Milano
chiedi@baopublishing.it – www.baopublishing.it
Il logo di BAO Publishing è stato creato da Cliff Chiang.

ISBN: 978-88-6543-849-7
Prima ristampa

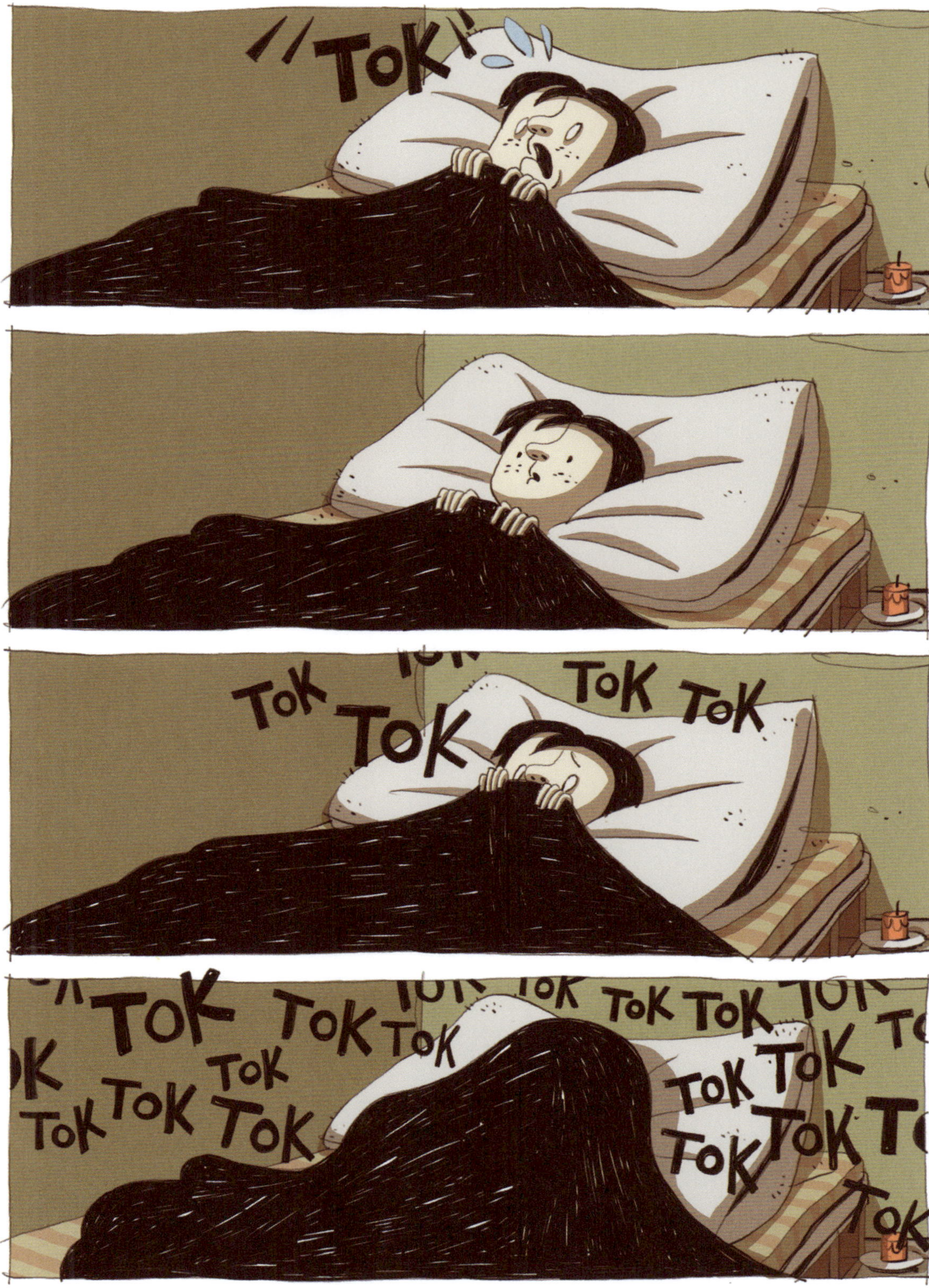
TOK
TOK
TOK
TOK
TOK
TOK
TOK
TOK
TOK
TOK
TOK
TOK
TOK
TOK
TOK
TOK
TOK
TOK
TOK
TOK

CLINK
CLIK

È L'ULTIMA VOLTA!
MA SMETTILA!
OGNI SETTIMANA LA STESSA ROTTURA DI PALLE!
IO NON CI VENGO PIÙ!
FA' QUELLO CHE TI PARE!
TANTO NESSUNO SE NE ACCORGE, SE NON VIENI!
TI PIACEREBBE! COSÌ FINALMENTE POTRESTI SPARLARE DI ME IN SANTA PACE! VACCI! VACCI DA SOLA!
ODIO QUEI VERNASH CUI MI TRASCINI!
VERNISSAGE!
IGNORANTE!
ECCO! LO VEDI?! DEVI SEMPRE SMINUIRMI!
TI ODIO!
TE, I TUOI AMICI E I TUOI EVENTI DEL CAZZO!

E ALLORA PERCHÉ NON MI LASCI?
PERCHÉ NON TE NE VAI E FAI SENTIRE LA TUA ASSENZA, UNA BUONA VOLTA?
PERCHÉ, SE LO FACCIO, DEVO PAGARTI GLI ALIMENTI FINCHÉ NON CREPI!
NON C'È NIENTE CHE MI LEGHI A TE!
ANZI! SAI CHE TI DICO?
QUESTA È LA VOLTA BUONA CHE ME NE VADO SUL SERIO!
SBAM

CLICK
CLICK
CLICK
CLICK
PAT
PAT
BAM
BAM

Residenza ARCADIA

STUPIDO ANIMALE!
PERCHÉ NON CANTI?
TAP

TAP TAP TAP TAP TAP TAP TAP TAP TAP TAP
MA COME SI ACCENDE?
AH, ECCO...
SCROLL SCROLL SCROLL SCROLL
?
!

CLICK
VUOI IMPOSTARE QUESTA FOTO COME NUOVA IMMAGINE PROFILO?
TAP
NO
SCROLL
SCROLL
SCROLL
SCROLL
SAMANTHAROSETTA_98
COMMENTA
PIACE A 633 PERSONE
TAP
SEI UN INCANTEVOLE FIORE ACCAREZZATO DAI DELICATI RAGGI DEL SOLE DI PRIMA MATTINA CIAO RISP EMILIO
TAP TAP
TAP
TAP
TAP
TAP
TAP
TAP
PUBBLICA

GUARDi!
NE HA MESSA UN'ALTRA!
CON QUESTA SiAMO A TRE!
SiGNORA MARTA!
MiRTA!
MiRTA.
iL REGOLAMENTO CONDOMiNiALE...
VA CAMBiATO!
QUESTO NON È TOLLERABiLE!
Si VEDE MOLTO CHiARAMENTE UN PEZZO DELLA MiA BiCi, VERRANNO A RUBARMELA!
i LADRi NON POSSONO SAPERE CHE QUELLA FOTO È STATA SCATTATA iN QUESTO CONDOMiNiO.
AHHHH!
ALLORA LO AMMETTE CHE i LADRi VEDRANNO LA MiA BiCi!
DEVE FARGLiELA TOGLiERE!
ATTiLiO LO AVREBBE FATTO!
BUONGiORNO, MiRTA.
DiRCE!
PROPRiO LEi!
SUO MARiTO HA MESSO UN'ALTRA FOTO!
LE NUOVE PETUNiE, CHE BELLE!
Si VEDE ANCHE LA MiA BiCi!

PLIN PLIN PLIN PLIN PLIN PLIN
SÌ?
M-MHM...
CAPISCO...
BENE, A QUANTO PARE ABBIAMO TROVATO DEI NUOVI INQUILINI.
PER L'APPARTAMENTO DEI FALINI?
NON È PIÙ L'APPARTAMENTO DEI FALINI.
NON SANNO ANCORA DIRMI CHI SONO.
SPERIAMO CHE NON ABBIANO ANCHE LORO UN FUCILE DA CACCIA, OH-OH-OH!
E LE FOTO DEVONO SPARIRE!
VEDRETE, QUANDO TORNERÀ ATTILIO!

TOC
TOC
TOC
BAU BAU BAU BAU BAU BAU
BAU BAU BAU BAU BAU
RASPUTIN, BASTA!
BAU BAU BAU BAU BAU BAU
DIMITRI!
MIRTA...
LA DISTURBO?
STAVO PER PRENDERE IL TÈ!
BAU BAU BAU BAU BAU
PER ME CON UN PO' DI LATTE, GRAZIE.
BAU BAU BAU BAU BAU BAU BAU BAU BAU
RASPUTIN!
BASTA!
BAU
GUARDI!
GUARDI COS'HA FATTO EMILIO!
TAP TAP
TAP
ASPETTI...
SI È SPENTO...
COME SI FA?
ECCO!
GUARDI!
AH! HANNO MESSO LE PETUNIE! IO AVEVO VOTATO PER LE GARDENIE.
MA NO!
SI VEDE UN PEZZO DELLA MIA BICI!

?
ORA TUTTI SANNO COM'È FATTA LA MIA BICI.
LA VEDRANNO I LADRI!
SI VEDE SOLO UN PEZZO DI RUOTA...
LA MIA RUOTA!
MA ATTILIO QUAND'È CHE TORNA?
IL SUPPLENTE CHE CI HANNO MANDATO È UN INCAPACE!
ATTILIO HA AVUTO L'ONORE DI ESSERE CHIAMATO A SERVIRE LA NAZIONE.
SÌ, MA...
IL PARTITO L'HA CONVOCATO, DOVEVA ANDARE.
LA GRANDE PARATA DI QUEST'ANNO SARÀ COLOSSALE. ATTILIO STA AIUTANDO LA NAZIONE A TEMPO PIENO.
E NOI QUI A SUBIRE L'INADEGUATEZZA DI QUELLO LÀ!
IL PARTITO NON DOVREBBE CONVOCARE UNO COME LUI SENZA PRI...
CERTO... SESESE... SE IL PARTITO HA BISOGNO, È NOSTRO COMPITO SERVIRE, DICO SOLO CHE...
MIRTA!
CAPISCO LA SUA COLLERA, NON DEVE GIUSTIFICARSI CON ME.

HA SAPUTO DEI NUOVI INQUILINI?
PER L'APPARTAMENTO DEI FALINI?
IL SUPPLENTE ANCORA NON SA CHI CI VIENE A STARE, FIGURIAMOCI!
PEGGIO DELLE STUDENTESSE CHE HANNO MESSO AL PIANO DEI PERETTI NON POSSONO ESSERE!
HA SAPUTO COSA MI HANNO FATTO?
DRIIIINN
LA POSTINA!
BAU BAU BAU BAU BAU BAU
NO, ASPETTI! COSA LE HANNO FATTO QUELLE RAGAZZE?
NO, PERCHÉ IO SONO CONVINTA CHE SIA STATA UNA DI LORO A RIGARMI LA MACCHINA!
BAU BAU BAU
RASPUTIN, BASTA!
UN MOMENTO, EH...
PUNTUALE!
COME SEMPRE.

COSA LE HANNO FATTO?
OH, NO, NIENTE DI CHE...
PERÒ ORA DOVREI FARE LA MIA SIESTA!
MA...
CLANK
ANDIAMO, RASPUTIN, È L'ORA DEL TÈ.

NON FACCIA TROPPO CASO A MIRTA.
È PARANOICA!
E URLA IN CONTINUAZIONE.
SÌ, BE'... ME NE SONO ACCORTO!
IL SEGRETO È NON DARLE TROPPA CORDA!
VENGA A PRENDERE UN CAFFÈ DA NOI OGNI TANTO! EH?
PERCHÉ NON ORA? HO GIUSTO DUE MINUTI!
NO!
ORA NON...
DEVO...
TRA POCO HO LA MIA LEZIONE DI OIA... IOIA...
YOGA?
QUELLO!
OH, OKAY...
ALLORA UN'ALTRA VOLTA...
SICURAMENTE!
ARRIVEDERCI!
CLANK
EMILIO?
SONO TORNATA!
INDOVINA? MIRTA È ARRABBIATA CON TE.
EMILIO?

EMILIO!
SHHH!
QUANTE VOLTE HAI GIÀ FOTOGRAFATO QUELLA TAZZA?!
SSHHSHHSHHH!
CLICK
NELLA FOTO DELLE PETUNIE SI VEDE ANCHE LA BICICLETTA DI MIRTA!
MA CHE COSA TREMENDA!
MIRTA È FURIBONDA CON TE!
'SPETTAPETTAPETTA...
LO SENTI ANCHE TU QUESTO PUZZO?
SARÒ IO CHE MI CAGO SOTTO?
MISTERO!
SÌSÌSÌ, FAI IL SIMPATICO! FAI!
QUELLA STRACCIAPALLE FAREBBE BENE A STARMI ALLA LARGA!
HA PROVATO A METTERTI CONTRO IL FACENTE FUNZIONE!
E LUI?
FIGURATI, È UN INCAPACE.
AH! RICORDATI CHE DOMANI ARRIVA ETTORE.
SÌ...
HAI PORTATO SU IL MATERASSO?
DOPO VADO...
RICORDATI CHE DEVI ANDARE A PRENDERLO IN STAZIONE.
SÌ...
ARRIVA ALLE DIECI.
HOCCAPITO!!! BASTA CHE NON ROMPI PURE TU!

... COSÌ I SOLDATI ROMANI ANDARONO A SACCHEGGIARE LE CAMPAGNE DI VEIO...
... MA GLI ETRUSCHI SI ERANO FATTI FURBI!
PER FAR CREDERE AI ROMANI CHE I CONTADINI DI VEIO FOSSERO IN PREDA TERRORE FECERO INARIDIRE I LORO CAMPI E LASCIARONO
OMUNQUE, I FABII AVEVANO ABBASSATO ALBERTO ANGELA... ROMA NON POTEVA ERTO TOLLERARE UNA TALE DISFATTA ONSOLE GAIO ORAZIO PULVILLO DECISE
... LA BATTAGLIA DEL CREMERA FU UNA DOCCIA FREDDA!
AH! QUANDO ENTRI RICORDATI DI TOGLIERE LE SCARPE.
ALTRIMENTI VEDRAI TUA ZIA IN MODALITÀ CTHULHU!
ATTENTO CON LE VALIGIE!
HANNO RIDIPINTO LE SCALE DUE SETTIMANE FA.
E HANNO VOTATO PER LA VERNICE PIÙ CARA, OVVIO!
... MA SI SA, LA STORIA SI RIPETE, FU LA MANCANZA I UN CENTRO AUTORITARIO LA CAUSA DEL DECLINO DEGLI ETRUSCHI.

CITTÀ ETRUSCHE PROVARONO AD OPPORSI ALL'AVANZATA ROMANA MA ORMAI C'ERA POCO DA FARE.
DIRCE!
SIAMO ARRIVATI!
SONO IN SALA!
CON LA LEX IULIA DELL'89 AVANTI CRISTO, O 90, NON RICORDO, FINÌ L'INDIPENDENZA AMMINISTRATIVA
EEETTOOO!
CIAO, ZIA.
MA GUARDA QUANTO TI SEI FATTO BELLO!
HO FATTO SVILUPPARE UN SACCO DI FOTO DI QUANDO ERI PICCOLO. VUOI VEDERLE?
DAGLI ALMENO IL TEMPO DI ANDARE IN BAGNO, NO?!
ECCO QUA!
GUARDA! QUI AVEVI TRE ANNI, MAMMA TI AVEVA LASCIATO DA ME PERCHÉ AVEVA LA PRIMA LEZIONE DI COLTURA MACROBIOTICA.
A PROPOSITO, TI MANDA DEI SASSI NUOVI.
AHHHH!
CHIAMIAMOLA PER DIRLE CHE SEI ARRIVATO!
DOVE SONO LE CAMICIE PULITE? SONO SUDATO!
PIT PIT PIT

CIAAAAAO!
SÌ, SÌ...
BELLE LE AMETISTE CHE MI HAI MANDATO!
NOOOOO! NO, NO, QUI NON PIOVE, C'È UN BEL SOLE.
SÌ, MI RICORDO... PER DUE MESI FILATI!
MHM... NO, NO, QUI NON PIOVE DA MARZO, ORMAI.
INFATTI, INFATTI, OGNI TANTO CI VUOLE... MA GIUSTO QUEL POCHETTO PER USARE L'OMBRELLO, SENNÒ POVERINO... EHEHEH.
DOVE CAZZO SONO LE CAMICIE???
VAAAABBENE, SÌ, TI RICHIAMO QUESTA SERA!
ECCO I SASSI.
MA CHE BEL SACCHETTINO!
FOTO!
CLICK

MANCA ANCORA iL MATERASSO, MA LO ZiO VA A PRENDERLO DOPO PRANZO.
PETALi Di ViOLETTA.
UN BUON PROFU-MO E PiÙ ARMONiA NELLA STANZA!
...
AHHH! Mi RACCOMANDO, SE USi LO STEREO FA' MOLTA ATTENZiONE! LO ZiO L'HA APPENA FATTO RiPARARE.
DENTRO Si ERA iNCASTRATA UNA CASSETTA Di HEATHER PARiSi.
TU METTiTi A TUO AGiO.
iO VADO A PREPARARE UN BUON PRANZETTO!

좋아요...
양철통 하나를 드릴게요.
VA BENE... TI REGALO LA SCATOLETTA DI LATTA.
우와!!!
할머니 사랑해요!
GRANDE!!! TI VOGLIO BENE NONNA!
잘 간직해 주세요! 이건 아주 오래된 물건이에요, 혁명과 금수조치가 내려지기 훨씬 이전으로 거슬러올라갈 정도지요!
ABBINE CURA, È UN OGGETTO MOLTO ANTICO, RISALE A MOLTO PRIMA DELLA RIVOLUZIONE E DELL'EMBARGO!
나는 그것을 소중히 할 것이다, 나는 약속한다!
STARÒ ATTENTISSIMA, PROMESSO!

COSA??!!
BAU
BAU BAU
BAU BAU
BAU BAU
BAU BAU
BAU
RASPUTIN!
BASTA!
BAU
SÌ, MIRTA, HA CAPITO BENE!
DIMITRI! LEI GLI SCHERZI NON LI SA PROPRIO FARE!
LE DICO CHE È COSÌ!
MA...
MA...
MA...
MA SIAMO IN PIENO CENTRO!

NON È UN CRIMINE.
FFFGGGHH
NON PIÙ!
È PER VIA DEL PACCHETTO DELIBERE DEL MESE SCORSO.
ORA POSSONO CIRCOLARE INDISTURBATI PER IL PAESE!
NON CI VOLEVO CREDERE NEMMENO IO.
MA MAGARI NEANCHE IL SUO AMICO DELL'UFFICIO RIASSEGNAZIONE IMMOBILIARE SA FARE GLI SCHERZI!
NON È UNO SCHERZO, MIRTA.
SE LO METTA IN TESTA!
E QUELL'IDIOTA DEL FACENTE FUNZIONE NON HA DETTO NIENTE?!
CALMA!
PROBABILMENTE NON LO SAPEVA NEMMENO LUI!
KLINK
ATTILIO LO AVREBBE SCOPERTO!
E NON LO AVREBBE PERMESSO!
NON È POSSIBILE!
NON CI CREDO CHE ABBIANO AFFITTATO L'APPARTAMENTO A GENTE COME QUELLA!

NON DOVREI DIRLO, MIRTA, MA IL DEGRADO DI QUESTO PAESE È COMINCIATO!
È UNO SCHIFO!
NON CE LI VOGLIO, QUELLI, NEL MIO CONDOMINIO!
MA CHE COS'È QUESTO BACCANO?!
DI SICURO IL NIPOTE DI DIRCE! L'HO VISTO PASSARE PRIMA!
QUALCUNO DOVREBBE METTERLO IN RIGA, QUELLO STRONZETTO!
BAU BAU BAU BAU BAU
OOH!
SI È FERMATA!
BAU BAU BAU BAU BAU BAU BAU BAU BAU BAU BAU BAU

HO SAPUTO CHE È STATO SORTEGGIATO PER IL SERVIZIO MILITARE.
BUON PER LUI!
SUA MADRE L'HA MANDATO A STARE UN PO' DAGLI ZII, PRIMA DELL'ACCADEMIA.
MALE PER NOI!
ANCORA CAFFÈ?
MA QUESTO SUO AMICO DELL'UFFICIO IMMOBILIARE... NON PUÒ FARE NIENTE?
GLIEL'HO GIÀ CHIESTO!
TROPPO TARDI! L'AMMINISTRATORE DOVEVA INTER-VENIRE PRIMA.
E QUELL'INCAPACE DI... DI...
COME SI CHIAMA IL FACENTE FUNZIONE?!
... PER L'AMOR DI DIO, NON VORREI SEMBRARE RAZZISTA, EH, DICO SOLO
MIRTA!
NEMMENO IO LI VOGLIO IN QUESTO PALAZZO!
UUUGH...

ECCO!
QUI AVEVI DIECI ANNI.
TI AVEVANO RASATO LA TESTA PER VIA DEI PIDOCCHI.
GUARDA!
QUESTO È UNO DEI PIDOCCHI ADULTI CHE TI HANNO TROVATO.
ERA ENORME! SEMBRA UNA BLATTA, NO?
OHHSANTODDIO!
ETTORE, TI HO MAI RACCONTATO DEL VECCHIO BRUCO?
AHHHN, CI RISIAMO...

QUANDO ERO PICCOLO, ERAVAMO MOLTO POVERI.
I MIEI NON POTEVANO MANDARMI A SCUOLA, MA MIO PADRE VOLEVA A TUTTI I COSTI CHE IO AVESSI UN'ISTRUZIONE. COSÌ CHIESE AL SIGNOR **OSNABRÜCK** DI FARMI LAVORARE DA LUI.
TOC TOC TOC
NESSUNO SAPEVA QUANTI ANNI AVESSE. ALCUNI DICEVANO CENTO, ALTRI CHE FOSSE GIÀ OLTRE IL MEZZO MILLENNIO.
TUTTI LO CHIAMAVANO **IL VECCHIO BRUCO.**
AVEVA UNA QUANTITÀ SCONFINATA DI LIBRI.
PILE E PILE.
SU QUALUNQUE ARGOMENTO.
IN QUALUNQUE LINGUA.
OVUNQUE.
ERA MOLTO PRIMA DELLA LEGGE SUL NUMERO MASSIMO DI LIBRI PRO CAPITE.
DI MATTINA RIORDINAVO IL SUO STUDIO.
SPAZZAVO IL SUO VIALETTO.
BUTTAVO LA SPAZZATURA.
DI POMERIGGIO STUDIAVO SUI SUOI LIBRI.
AGATHA, LA SUA ASSISTENTE, SPESSO MI DAVA UNA MANO.
MA PER LO PIÙ DORMIVA.

LEGGEVO...
LAVORAVO...
LEGGEVO...
POI, UN GIORNO, IL VECCHIO BRUCO SI MISE A URLARE.
"DOV'È?
"ERO SICURO CHE FOSSE QUI!"
GRIDAVA.
"NON HA CERTO LE GAMBE!
"QUALCUNO ME L'HA RUBATO!
"LADRI!"
FACEVA COSÌ OGNI GIORNO.
AGATHA MI DISSE CHE ERA DISPERATO PERCHÉ NON TROVAVA PIÙ UN LIBRO.
IL... LIBRO.
"E LO SAI PERCHÉ?
DRIIIII

IIIINNNN
DIRCE, BUONGIORNO!
SALVE!
È QUI PER IL CAFFÈ?
NO, IO...
ECCO... MI SENTO UN PO' A DISAGIO, MA...
... DEVO CHIEDERVI DI TENERE PIÙ BASSO IL VOLUME DELLA MUSICA...
MIRTA!
È STATA LEI A FARE LA SEGNALAZIONE, NON È VERO?
NONONO! È STATA...
ESTER?!
SSHHHHH!
BE', NON CREDO PROPRIO CHE ABBIA INDICATO DIO!
È STATA L'AMICA TUA!

NON È MIA AMICA!
L'HO SOLO ACCOMPAGNATA A FARE L'ISTERECTOMIA DIECI ANNI FA.
SONO ANNI E ANNI CHE NESSUNO LA VEDE USCIRE DI CASA!
IO CREDEVO CHE FOSSE MORTA!
SHSSHHHHHH!
ANCH'IO!
L'ANNO SCORSO SENTIVAMO UNA PUZZA STRANA.
CREDEVAMO...
SA COM'È...
... CHE SI STESSE DECOMPONENDO!
BE'!
ORA SAPPIAMO CHE SI STA DECOMPONENDO ANCHE DA VIVA!
O FORSE È DIVENTATA UNO ZOMBI ROMPICOGLIONI.
VA' A SAPERE!
GE...
... GENTILMENTE, TENETE BASSO IL VOLUME DELLA MUSICA...
MA CERTO!
CLANK

BUONGIORNO!
LEI LO SAPEVA!

LEI SAPEVA CHE L'UFFICIO RIASSEGNAZIONE IMMOBILIARE HA AFFITTATO L'APPARTAMENTO A...
A...
... GENTE COME QUELLA!
IO...
LEI SAPEVA!
E NON SI È OPPOSTO PER TEMPO!
PER COLPA SUA ORA IL NOSTRO PALAZZO SARÀ MENO SICURO!
COSA PENSERANNO QUELLI DEGLI ALTRI PALAZZI?!
SARÀ TUTTO UNO SCHIFO!
M...
MARTA...
MIRTA!
MIRTA...
IO NON POTEVO...
ATTILIO AVREBBE POTUTO!

HAI SENTITO?!
CERTO CHE NO!
QUANDO STAI ALLA PORTA DIVENTI CERBERO!
...IO NON CE LA VOGLIO **QUELLA GENTE** IN CASA NOSTRA!
MA VA' LÀ!
AVRAI CAPITO MALE DI SICURO!
MI SERVE UNA SCUSA PER SCENDERE!
LA SPAZZATURA!
GIÀ BUTTATA IO!
LA POSTA!
GIÀ PRESA IO!
LA MACCHINA!
GIÀ SPOSTATA IO!
CHECCAZZO! STARE UN PO' FERMA NO?!

AH!

OOHHNNOOOO!
Mi È CADUTO UN INDUMENTO INTIMO!
SCENDO!
POTEVI ALMENO USARE LE TUE MUTANDE!
CLANK
LEGGE SETTETREUNO COMMA DUE, ME LA SONO LETTA TUTTA!
LEI ERA TENUTO A DIRCELO!
BUONGIORNO...
Mi SONO CADUTE DELLE...
MA COME MAI TANTA ANIMOSITÀ?

LEI!
LEI DICA A SUO MARITO DI CANCELLARE QUELLE FOTO!
QUANDO TORNERÀ ATTILIO VEDRETE!
CLANK
E TU PERCHÉ NON CANTI PIÙ?!

CLANK
QUINDI?
È TUTTO VERO.
MA LE MIE MUTANDE SONO ANCORA GIÙ?

LÌ.
E LÌ.
UN PO' LASSÙ.
MA POCO.
AH, SÌ!
UN PO' DI STUCCO ANCHE LAGGIÙ!

TI FA ONORE, SAI? ESSERTI OFFERTO DI SISTEMARE QUESTE VECCHIE PARETI.
SPALMA BENE!
I GIOVANI HANNO PERSO IL SENSO DELL'ALTRUISMO.
SPALMA BENE, PER DIO!
SENNÒ TRA UN MESE È TUTTO DA RIFARE!
BAAAH!
TANTO TRA POCHE SETTIMANE TUTTO QUESTO PALAZZO AVRÀ LO STESSO VALORE DI UN CASSONETTO.
QUANDO ERO RAGAZZO IO, NON SERVIVA CHIAMARE LE AZIENDE PER LA MANUTENZIONE.
UUUGH...
C'ERA SEMPRE QUALCUNO DISPOSTO A DARTI UNA MANO.
ALTRUISMO!
SENSO DELLA COMUNITÀ!
VALORI ORMAI SBIADITI COME UNA CAMICIA LAVATA TROPPE VOLTE.

E DIMMI, TI PIACE STARE DAGLI ZII?
DAI UN'ALTRA PASSATA LÌ!
MIA ZIA METTE OGNI MATTINA DEI PETALI DI VIOLETTA SUL MIO CUSCINO.
BUON PROFUMO!
SONO ALLERGICO ALLE VIOLETTE.
I TUOI ZII SONO BRAVI CITTADINI.
PUNTUALI, ONESTI...
EH, A VOGLIA!
DRIIIIINN
BAU
LA POSTINA!
BAU BAU BAU BAU BAU BAU BAU BAU
RASPUTIN, BASTA!
BAU

MA LE È ARRIVATO DEL RISO PER POSTA?!
QUANDO HAI FINITO DI QUA, PASSIAMO ALLA CUCINA.
TAPP

CI SIAMO QUASI...
ANCORA...
ANCORA UN...
ECCO!
TRE.
DUE.
UNO.
00:01
OKAY, I CANONICI QUINDICI MINUTI DI RITARDO SONO SCADUTI.
NON CREDO CHE ARRIVERÀ PIÙ NESSUNO.
DIREI DI COMINCIARE.
NOI NON CE LI VOGLIAMO, QUELLI LÀ!
EMILIO, PER RISPETTO DEGLI ALTRI INQUILINI, SAREBBE PREFERIBILE INTERVENIRE PER ALZATA DI MANO.
?
EMILIO, PREGO!
NOI NON CE LI VOGLIAMO, QUELLI LÀ!

EMILIO, SAREBBE PREFERIBILE SEGUIRE L'ORDINE DEL GIORNO, PARTIAMO DAL PUNTO A: LE PETUNIE.
UN INQUILINO HA RICHIESTO, IN FORMA ANONIMA, LA SOSTITUZIONE DELLE PETUNIE CON LE GARDENIE.
DIMITRI, PREGO.
CREDO DI POTER PARLARE PER TUTTI SE DICO CHE PREFERIREMMO PASSARE DIRETTAMENTE AL PUNTO C: I NUOVI INQUILINI.
EMILIO, PREGO.
SIAMO TUTTI D'ACCORDO.
MOLTO BENE.
ALLORA SALTIAMO IL PUNTO A, PETUNIE, E IL PUNTO B, LA MACCHINA DI MARTA GRAFFIATA DA IGNOTI.
PUNTO C: I NUOVI INQUILINI.
EMILIO, PREGO.
NOI NON CE LI VOGLIAMO, QUELLI LÀ!

SIA CHIARO, NON ABBIAMO NIENTE CONTRO QUELLI LÌ, IO HO UN SACCO DI AMICI...
COSÌ...
... COME LORO!
AHI-AHI-AHI! NON HAI ALZATO LA MANO, MI SENTO ORRIBILMENTE VILIPESO!
SOLO... PERCHÉ QUI?
IL NOSTRO È UN PICCOLO E RISPETTABILE CONDOMINIO, NON SAREBBE MEGLIO CHE ANDASSERO IN UN POSTO DOVE SAREBBERO PIÙ APPREZZATI?
MAGARI DOVE CI SONO ALTRI PIÙ SIMILI A LORO...
PER IL LORO STESSO BENE, EH!
IL PUNTO È CHE IL PACCHETTO DELIBERE HA CONCESSO LORO TUTELE CHE NOI POSSIAMO SOLO SOGNARCI.
IL PARTITO HA FINALMENTE RECEPITO LE NORMATIVE INTERNAZIONALI. NON È CHE I NUOVI INQUILINI SONO PIÙ O MENO TUTELATI DI NOI, SONO COME NOI.
ORA SIAMO UGUALI!
COM'È GIUSTO CHE S...

BUONASERA.
SCUSATE IL RITARDO.
CONTINUATE PURE...
AH, SÌ!
AI SENSI DELL'ARTICOLO DUECINQUETRE DELLA DISCIPLINA CONDOMINIALE, STO RIPRENDENDO IN MODO DA AVERE UN VIDEO CHE DOCUMENTI LA CORRETTEZZA DELLE PROCEDURE ASSEMBLEARI.
LEI FA TANTO LA PALADINA DELLA PRIVACY E POI VIENE QUA CON UNA TELECAMERA ACCESA??!!
È UN TELEFONO! E STO RIPRENDENDO SOLO ME!
MA C'È COMUNQUE L'AUDIO!
MARTA, PER FAVORE...
MIRTA!
MIIIIIRTA!
CON LA I!
PER COLPA SUA, L'APPARTAMENTO DEI FALINI SARÀ AFFITTATO A INDIVIDUI POCO RACCOMANDABILI, ARTICOLO SETTETREUNO!
PER COLPA SUA, LA MIA BICICLETTA SARÀ RUBATA DAI LADRI, ARTICOLO NOVEDUEDUEBIS!
PER COLPA SUA, LE STUDENTESSE CHE HANNO ROVINATO LA MIA MACCHINA SONO ANCORA IMPUNITE, ARTICOLO CENTOQUINDICIBARRANOVE!

Si SIEDA E LA SMETTA Di ALZARE LA VOCE!
GiOVANOTTO!
NON Si PERMETTA MAi PiÙ Di USARE QUESTO TONO CON UN iNQUiLiNO!
AH, MiRTA!
HO GiUSTO QUi UNA COSETTA PER iL DOCUMENTARiO CHE STA GiRANDO...
EMiLiO!!!
CALMACALMACALMA!
SCUSATELO! EMiLiO Si AGiTA FACiLMENTE, DA QUANDO È ANDATO iN PENSiONE!
SMETTiLA CON LA DiPLOMAZiA, TU!
LA VERiTÀ È CHE A NESSUNO GLiENE FREGA NiENTE DEGLi ALTRi!
AMMETTiAMOLO!
SiAMO TUTTi QUi SOLO PER ASSiCURARCi CHE NON VENGANO PRESE DECiSiONi DEL CAZZO iN NOSTRA ASSENZA!
iO VORREi RiTROVARE LA MiA BiCiCLETTA iN GiARDiNO DOMANi!
EBBASTA CON QUESTA FOTTUTA BiCi!!!
E LEi CANCELLi QUELLE FOTO!!!
SiGNORi.
LE FOTO Di AREE COMUNi SONO AL PUNTO 6 DELL'ORDINE DEL GiORNO.

E LEI LA SMETTA CON QUELL'ORDINE DEL GIORNO! SEMBRA IL SECCHIONE SFIGATO CHE IN CLASSE ODIANO TUTTI!
E-MI-LIO!
SÌ! QUEL SECCHIONE CHE VIVE PER FARE FELICE LA MAESTRA FACENDO TUTTI I COMPITINI. COS'È? SI BAGNA LE MUTANDINE, LEGGENDO QUEL PROGRAMMA?!
HA RAGIONE!
STIA ZITTO!
LEI È IL PIÙ INUTILE DEI SECCHIONI!
SMETTETELA.
ORA!
LEI!
VADA AVANTI CON QUELL'ORDINE.
FORZA!
PU...
PUNTO D.
LA PIAZZOLA A USO PARCHEGGIO SARÀ CHIUSA IN OCCASIONE DELLA GRANDE PARATA NAZIONALE, FRA UN MESE.
A PROPOSITO DELLA PIAZZOLA. A QUALCUNO DI VOI MANCANO DELLE MUTANDE?
NE HO TROVATE UN PAIO SULLA MIA MACCHINA.

여기에도 서명을 해 주세요, 대령님.
UNA FIRMA ANCHE QUI, COLONNELLO.
감사합니다, 그럼 이만.
안녕히 계세요
GRAZIE! ARRIVEDERCI.
QUELLE ERANO LE ULTIME SCATOLE.
UNA SETTIMANA...
CREDEVO CHE CI SAREBBE STATO PIÙ TEMPO.
PIÙ TEMPO?
LA GUERRA È FINITA DA UN MESE.
CI RIMANDANO A CASA, QUI RESTERÀ SOLO L'UFFICIO CONSOLARE.

E FARE RICHIESTA DI TRASFERIMENTO?
RESTARE QUI?
NO, SUNGJIN!
IL MIO POSTO È LAGGIÙ.
DEVO TORNARE!
COLONNELLO...
SMETTILA!
ALTRIMENTI MI FARÒ ASSEGNARE UN ALTRO INTERPRETE ANCHE PER UNA SOLA SETTIMANA!
바보!
IDIOTA!
SBAM

ESCO!
SERVE NIENTE DAL SUPERMERCATO?
NONONO, NIENTE.
NON FARE L'AVVOLTOIO INTORNO AGLI ASSAGGINI GRATIS!
ALLORA VADO.
ANZI, GIÀ CHE CI SEI PRENDI UNCHILODIPATATE-DETERSIVOPERPAVIMENTIMA-QUELLOBUONOCHEQUELLO-ECONOMICOLASCIAGLIALONI-UNADOZZINADIUOVABIANCHE.
AH!
NON DIMENTICARTI LA LAMPADINA DEL BAGNO!
COME NO!
CLANK
CLICK
... E POI MI HA MANDATO TRE WHATSAPP! ERA **KATHIA** CHE CI PROVAVA CON ME, NON IO CON LEI!
FFGGHH
POI CI SI È MESSO PURE **GAIORANIERO**! SÌ! **MARIZHA** SE L'È FATTA TOCCARE IN DISCO!

ZIA!
LA MODALITÀ CTHULHU È GRANDIOSA!
SONO FIERO DI TE!
CI SONO DELLE REGOLE, ETTO.
REGOLE CHE VANNO RISPETTATE.
ALCUNE POSSONO SEMBRARE TROPPO SEVERE, MA COSA SUCCEDE SENZA REGOLE?
SEEE, IL CAOS DILAGA E POI VINCE IL JOKER.
BLABLABLABLA...
NO!
SE NON RISPETTI LE REGOLE, POI PASSI DALLA PARTE DEL TORTO E NON PUOI PIÙ CRITICARE GLI ALTRI.
COMUNQUE...
LA PROSSIMA VOLTA, BASTA STACCARE IL CELLULARE DALLO STEREO, PER FERMARE LA MUSICA.
DAI, VAMMI A PRENDERE LA SCOPA.
AIUTAMI A NASCONDERE TUTTO PRIMA CHE TORNI LO ZIO.

FORZA!
ATTENTO AGLI ANGOLI!
QUELLA CASSETTIERA MI È COSTATA MEZZA PENSIONE.
ECCO, LÌ, ACCANTO ALLA CRE-DENZA.
ANZI, NO!
LAGGIÙ, ACCANTO ALLO SPECCHIO.

PIÙ A SINISTRA.
PIÙ A DESTRA.
PIÙ A SINISTRA.
MMHNNO!
FORSE È MEGLIO ACCANTO ALLA CREDENZA.
NON SARAI MICA STANCO?!
IO ALLA TUA ETÀ POTEVO PORTARE SUL GROPPONE ZAINO PER LE TELECOMUNICAZIONI, FUCILE E UN COMPAGNO FERITO.
PER ORE!
ED ERA CICCIONE!
PESAVA!
DRIIIIINN
BAU BAU BAU BAU BAU BAU BAU

RASPUTIN, BASTA!
BAU BAU BAU BAU BAU
GUARDI!
MIRTA!
IL SIGNOR ORTIS È MORTO!
LA MUSICA!
È STATA QUELLA MUSICA DEMONIACA!
IL VOLUME COSÌ ALTO...
LORO HANNO IL CUORICINO DEBOLE!
CALMA, MIRTA!
Mi FACCIA VEDERE.
MHM...

NON CANTAVA PIÙ, VERO?
ESATTO.
E SI MUOVEVA POCO?
PROPRIO COSÌ!
QUANDO GLI HA CAMBIATO IL MANGIME, L'ULTIMA VOLTA?
MA NON SAPREI, MANGIAVA POCO...
LI VEDE I SEMINI QUA SOPRA?
SÌ?
QUELLE SONO SOLO BUCCE.
QUANDO I CANARINI MANGIANO I SEMI LASCIANO GRAN PARTE DELLE BUCCE NELLA MANGIATOIA E, CON IL TEMPO, SE NON SPOSTATE, FINISCONO PER COPRIRE I SEMI ANCORA BUONI.
ECCO, VEDE? ANCHE SE ERA PIENO DI SEMI NON POTEVA PIÙ MANGIARE.
NON CANTAVA PIÙ PERCHÉ NON NE AVEVA LE FORZE.
CIOÈ...
PER TUTTO QUESTO TEMPO...
IL SIGNOR ORTIS È MORTO DI FAME.
ANCHE PAVAROTTI AVREBBE SMESSO DI CANTARE, SENZA CIBO.

SE NE FACCIA UNA RAGIONE.
LEI NON POTEVA SAPERE.
QUESTE BESTIE NON BRILLANO CERTO PER INTELLIGENZA.
CORAGGIO, MIRTA!
CLANK
STAVA GIÀ DANDO LA COLPA A ME. QUELLA TIPA È INSOPPORTABILE!
PER ME ORTIS SI È SUICIDATO!
MIRTA?
MIRTA È INNOCUA.
UN TEMPO ERA GENTILE.
PERFINO ALLEGRA.
COSA LE È SUCCESSO?
SUO MARITO ERA OSTILE AL PARTITO. AVEVA PIÙ O MENO LA TUA ETÀ, ALL'EPOCA.
UUUGH...
ERANO VENUTI A VIVERE QUI DA POCO.
ALL'EPOCA LAVORAVO ALL'UFFICIO PATENTI DELLA GENDARMERIA NAZIONALE.
UNA NOTTE FECERO IRRUZIONE NEL PALAZZO. ENTRARONO NEL LORO APPARTAMENTO...

PORTARONO VIA SUO MARITO.
E...
LA LORO BAMBINA.
LO FANNO SEMPRE.
È UNA PRASSI REGOLARE DEL PARTITO, SAI?
PRENDONO i FIGLI DEGLI OPPOSITORI AFFINCHÉ SIANO CRESCIUTI IN AMBIENTI SANI.

MIRTA NON SAPEVA NIENTE DELLE ATTIVITÀ CRIMINALI DEL MARITO.
SCOPRÌ TUTTO QUELLA NOTTE, QUANDO PERSE OGNI COSA.
ANDAVA OGNI GIORNO A CHIEDERE DI SUA FIGLIA E DI SUO MARITO.
MA NON EBBE MAI UNA RISPOSTA.
LA SUA VITA, FINO AD ALLORA SEMPLICE E ORDINARIA, DIVENNE UNA CONTINUA E INCESSANTE ATTESA.
ATTESA DI UNA TELEFONATA.
DI UNA NOTIZIA.

DI UN QUALUNQUE CENNO DA PARTE DI CHIUNQUE.
I GIORNI DIVENTARONO MESI...
... I MESI ANNI.

NON POSSIAMO NEMMENO LONTANAMENTE IMMAGINARE IL **DOLORE** PROVATO DA QUELLA DONNA...
... QUANTO IL SUSSEGUIRSI DI ASSORDANTI ANNI DI SILENZIO ABBIANO **INARIDITO** IL SUO CUORE.

CERTE PERSONE, PUR DI SEPPELLIRE IL DOLORE, SEPPELLISCONO OGNI COSA.
E LEI NON POTEVA FARE NIENTE?
FARE?!
E COSA AVREI DOVUTO FARE?
NO.
IL MARITO DI MIRTA HA AVUTO QUELLO CHE SI MERITAVA. BISOGNA SCEGLIERE CON MOLTA CURA CON CHI CONDIVIDERE LA PROPRIA VITA.
L'ORDINE!
IL MANTENIMENTO DELL'ORDINE RICHIEDE SACRIFICI.
VIENI.
UUUGH...
FINIAMO DI SISTEMARE LA CASSETTIERA.

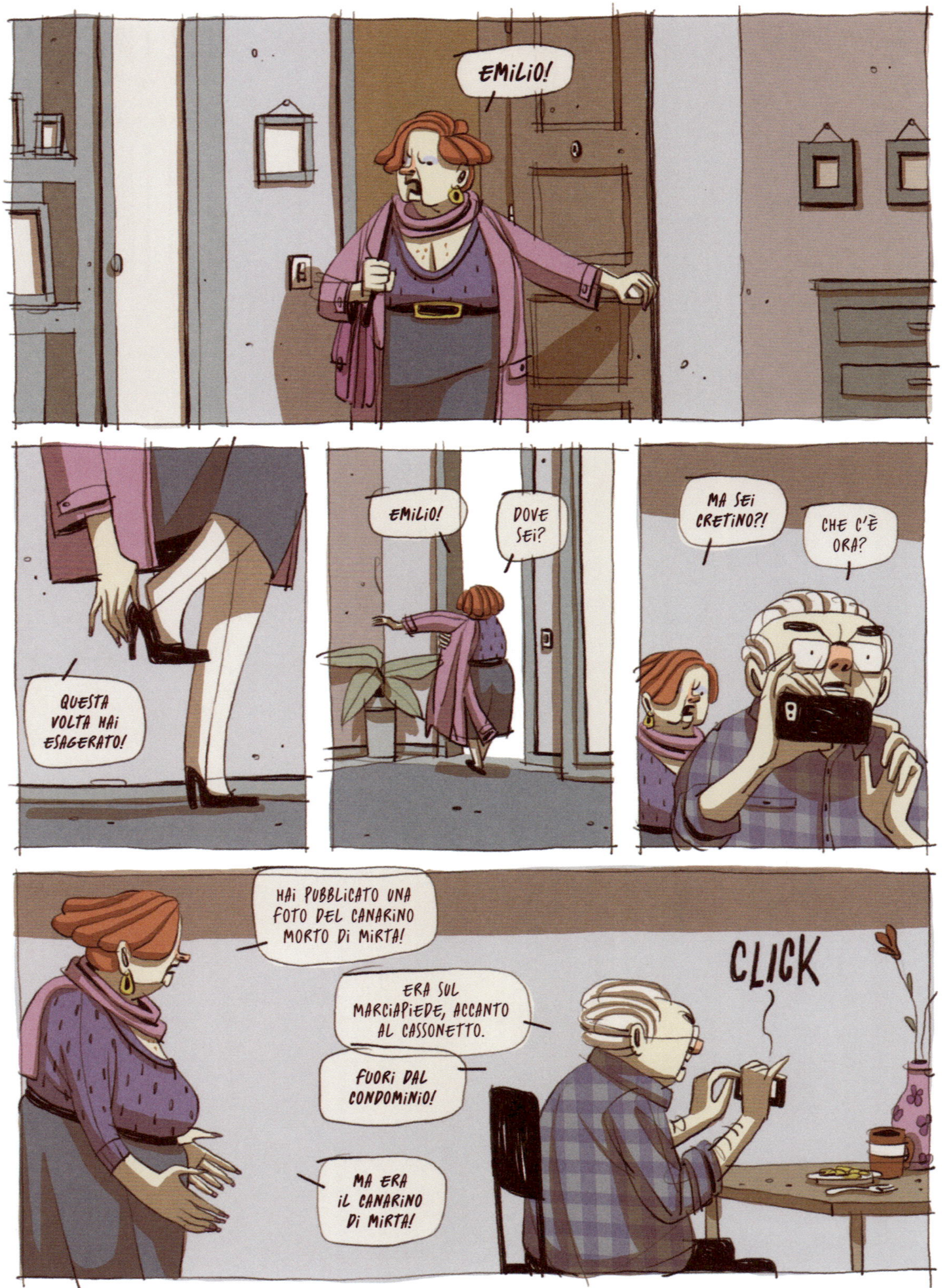
EMILIO!
QUESTA VOLTA HAI ESAGERATO!
EMILIO!
DOVE SEI?
MA SEI CRETINO?!
CHE C'È ORA?
HAI PUBBLICATO UNA FOTO DEL CANARINO MORTO DI MIRTA!
CLICK
ERA SUL MARCIAPIEDE, ACCANTO AL CASSONETTO.
FUORI DAL CONDOMINIO!
MA ERA IL CANARINO DI MIRTA!

SE VOLEVA PRIVACY PER IL SUO UCCELLO MORTO, DOVEVA CHIUDERE BENE IL SACCHETTO! È STATA UNA FORTUNA CHE NON L'ABBIA MANGIATO UN GATTO!
CHECCAZZO!
IO INVECE HO CHIUSO IL SACCHETTO E L'HO RIBUTTATO IN FONDO AL CASSONETTO.
DOVREBBE RINGRAZIARMI!
MA QUANTO SEI IDIOTA!
TANTO SONO IO CHE ME LA DEVO SORBIRE OGNI VOLTA CHE FACCIO LE SCALE!
HAI PRESO LA LAMPADINA PER IL BAGNO?
OH.
CANCELLA QUELLA FOTO!
NO!
CANCELLA QUELLA FOTO!
CI SONO GIÀ QUINDICI CUORICINI.
DRIIIIIIN
ECCO!
È LEI!
QUESTA VOLTA TE LA CIUCCI TU!

BUONGIORNO, EMILIO.
AH, È LEI.
PERDONI IL DISTURBO, DEVO CHIEDERVI DI NUOVO DI TENERE BASSO IL VOLUME DELLA MUSICA.
È VENUTO SOLO PER QUESTO?
SÌ...
AHHH, BENEBENEBENE!
NON C'È RISCHIO CHE RICAPITI.
DIRCE HA PORTATO LO STEREO IN **CANTINA**, PER EVITARE CHE SUO NIPOTE LO ROVINI.
GIUSTO?
MHMSSSSSÌ...
ASCOLTASSE **BACH**, ALMENO.
LO VUOLE UN CAFFÈ?
A DIRE IL VERO SAREI DI FRETTA.
ECCO QUA!
SOLO CINQUE MINUTI, PERÒ.
ASPETTI LÌ! LE PORTO LE **PATTINE**.
LO SAPEVA CHE BACH EBBE **VENTI** FIGLI?
SETTE DEI QUALI CON SUA CUGINA. NIENTE DI MALE EH, SOLO... **VENTI!** CAPISCE? **VENTI!**

ALCUNI MORIRONO SUBITO. QUASI TUTTI IN FAMIGLIA ERANO MUSICISTI DA ALMENO DUECENTO ANNI: IN TURINGIA DIRE **MUSICISTA** O DIRE **BACH** ERA PRATICAMENTE LA STESSA COSA.
LA VUOLE VEDERE QUALCHE VECCHIA FOTO DEL PALAZZO?
SAREI UN PO' DI FRETTA...
ECCO QUA!
VENTI FIGLI E NON ERA NEMMENO RICCO.
GUARDI.
UNA VOLTA ERA TUTTO ARANCIONE. È DIVENTATO GIALLO NEL 1986.
QUI CI ERAVAMO APPENA TRASFERITI. QUANTI ANNI AVEVAMO?
VENTISETTE IO E VENTINOVE TU.
AH!
GUARDI QUEST'ALTRA FOTO, È **ESTER**. ERA MAGRA, ALL'EPOCA!
LA SUA TESTA AVEVA ANCORA UNA PENDENZA NORMALE.
SECONDO ME MANGIA LE CARCASSE DEI PICCIONI CHE VANNO A MORIRE SOTTO LA TETTOIA.

NE SAREBBE CAPACE!
A ME È SEMBRATA MOLTO CORDIALE.
SÌ...
LO SEMBRA SEMPRE! CI CASCANO TUTTI.
MA IN REALTÀ È INFIMA E MESCHINA.
SEI O SETTE DEI VENTI FIGLI DI BACH SI CHIAMAVANO JOHANN O JOHANNA.
PENSI CHE CASINO.
MA LEI È SICURO CHE NON SI POSSA IN NESSUN MODO IMPEDIRE A QUELLI LÀ DI VENIRE A STARE NELL'APPARTAMENTO DEI FALINI?
SICURO!
AL CENTO PER CENTO?
CENTO PER CENTO.
DOVEVA OPPORSI PRIMA?
ESATTO.
È PER COLPA DI ESTER SE NEL '98 HANNO SRADICATO L'ULIVO QUI DI FRONTE.
ECCO, GUARDI COM'ERA BELLO! UNA CHIOMA...
SPESSO DI DOMENICA MI METTEVO LÌ SOTTO A LEGGERE...
ESTER FU COSÌ PEDANTE E ASSILLANTE CHE QUELLI DEL COMUNE CEDETTERO.
E LO ABBATTERONO.

GLIELO DICEVO: È PERFIDA!
E LO SA DOVE SI TROVA L'ALBERO PIÙ VECCHIO DEL MONDO? IN SVEZIA!
OTTOMILA ANNI!
QUELL'ALBERO ERA GIÀ VECCHIO QUANDO HANNO INIZIATO A COSTRUIRE LE PIRAMIDI.
FINO A QUALCHE ANNO FA SI CREDEVA CHE IL PIÙ VECCHIO FOSSE
ORA IO...
FFFGGHH
... DOVREI ANDARE!
ALLORA, CON QUELLI LÀ PROPRIO NIENTE DA FARE?
PROPRIO NO...
GLANK
CHE INCOMPETENTE!
SEMBRAVA INTERESSATO.
LA PROSSIMA VOLTA GLI RACCONTO DELLE DITA DI SCHUMANN.

SKRATCH
SKRATCH
SKRATCH
CLICK

VVVVRRRRR
VVVVRRRRRRRRRRRRRRRR
VVVVVVVVVVR
RRRRRRRRRR

VVVVVVRRRRRRRRRRRRRRRRRRRRRR
MA CHE COS'È?
IL CAMION DEI TRASLOCHI.
VVVRRRRRRRRRRRRRRRRRRRRRR
SONO ARRIVATI.
VVVVVVVVVVRRRRRRRRRRRR

BAU
BAU
BAU
BAU
BAU
BAU
BRAVO, RASPUTIN.
ABBAIA!
BAU
BAU
BAU
BAU
BAU
BAU
BAU
BAU
GUARDA CHE ARMADIO.
TREMENDO.
DEVO SCENDERE A DARE UNA MANO?
NO.
A LORO NO.
MA QUANTE SEDIE HANNO?
QUELLA È UNA CULLA?!
SÌ! È UNA CULLA!

VIENI DENTRO, EMILIO, PRIMA CHE CI VEDANO!
CLANK
ODDIO!
CHE C'È? CHE C'È?
ESTER!
È APPENA PASSATA ESTER!
SÌ!
STA ANDANDO GIÙ DA LORO.
SPOSTATI!
GLI STA ANDANDO A DARE IL BENVENUTO, SICURO!
QUELLA STREGA!
O MAGARI LI VUOLE MANGIARE.
COME SHELOB.
SHHH!

DRINIIIINNNN
LA POSTINA!
BAU BAU BAU BAU BAU BAU BAU
RASPUTIN, NON POSSO SCENDERE CON QUELLI LÀ IN GIRO.
BAU BAU BAU BAU BAU
TEK TEK TEK TEK TEK TEK
EMILIO, BUONGIORNO!
MI FAREBBE UN FAVORE? MANDEREBBE ETTORE A PRENDERE LA MIA POSTA?
OGGI QUESTE VECCHIE GAMBE MI DANNO IL TORMENTO.
NO...
NON LO SAPEVO, DELLE DITA DI SCHUMANN...

QUELLO DEV'ESSERE L'ULTIMO MOBILE.
E ORA PERCHÉ TI SEI FERMATO IN MEZZO AL PIANEROTTOLO?
ODDIO!
TOC TOC TOC

TOC TOC TOC
BAU BAU BAU BAU BAU BAU BAU BAU
ECCO QUA.
OH, BENE!
BAU BAU BAU BAU BAU BAU
BAU BAU BAU BAU BAU BAU BAU BAU BAU BAU BAU
BAU BAU BAU BAU BAU BAU BAU
BAU BAU BAU BAU BAU BAU BAU BAU
AH, SÌ.
RASPUTIN, BASTA.
BAU
OGGI ABBAIA IN CONTINUAZIONE, NON CAPISCO.
FORSE PERCHÉ SONO ARRIVATI QUELLI NUOVI.
AHHHH, SONO ARRIVATI? SARÀ PER QUELLO...
IO VADO.
GIÀ CHE CI SEI!
DAMMI UNA MANO A SPOSTARE LA LAVATRICE, MI È FINITO UN CALZINO DIETRO.

TOC
TOC TOC
TOC
ECCO, BRAVO.
VATTENE!
SARÒ MORTA PRIMA CHE UNO DI VOI METTA PIEDE QUI DENTRO!

DRIIIINN
SIGNORA? BUONGIORNO.
SONO L'ELETTRICISTA.

SCENDA IN CANTINA, LE MOSTRO LA NUOVA PLAFONIERA.
C'È QUALCUN ALTRO PER LE SCALE?
NO...
MHM... VA BENE...
ANDIAMO...
BUONGIORNO, MIRTA.

ESTER!
Mi DISPIACE PER IL SUO AMICO ORTIS.
MIO PADRE ERA UN GRANDE AMANTE DEI VOLATILI.
AVEVA DUE ARA, UN MASCHIO E UNA FEMMINA.
BELLISSIMI.
POI I MIEI GENITORI LITIGARO-NO E MIA MADRE MI REGALÒ UN GATTO.
IL MIO GATTO NON È MAI MORTO DI FAME.
SIGNORA... LA PLAFONIERA...
SÌ!
SÌ, ANDIAMO.

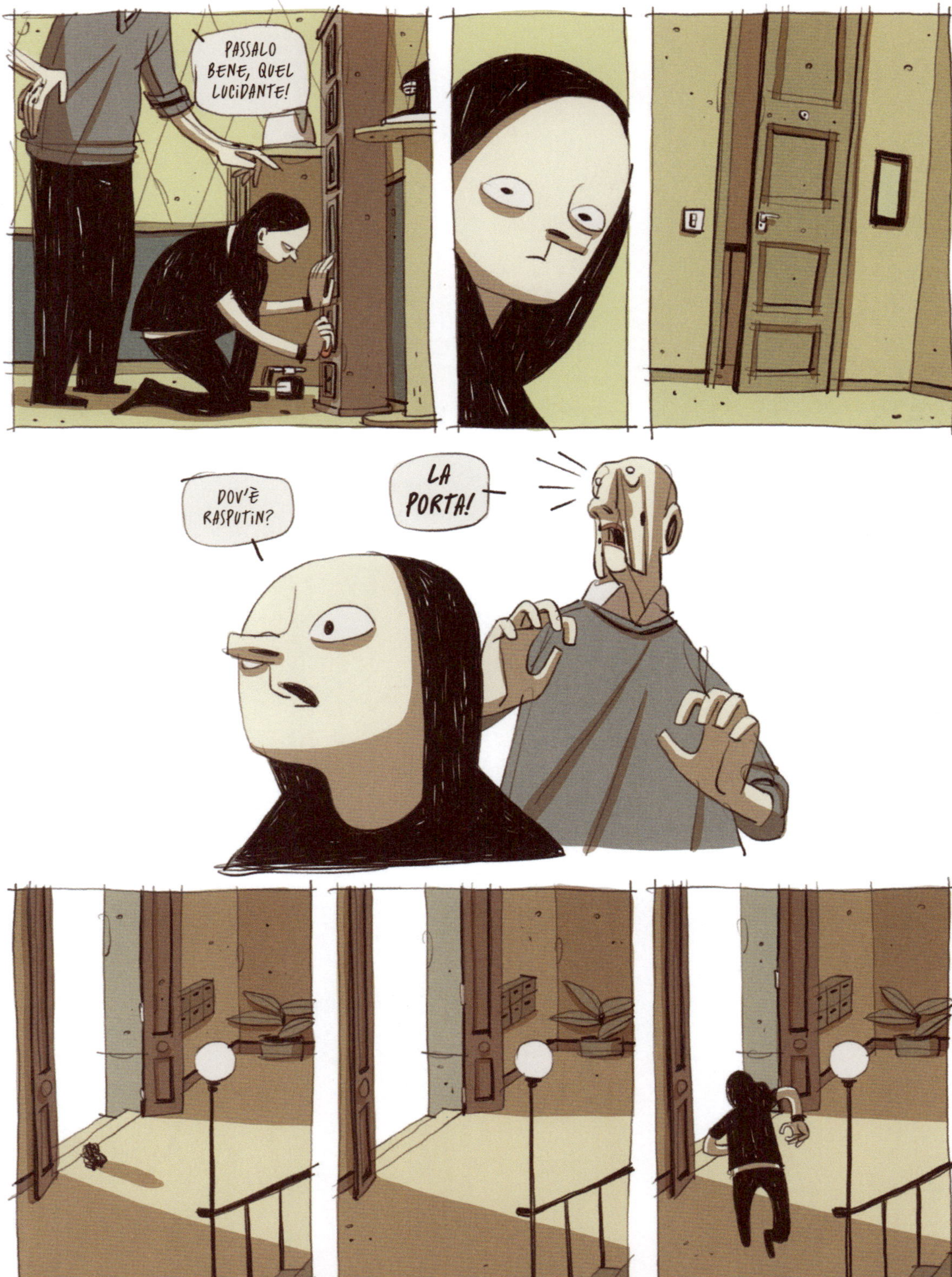

PASSALO BENE, QUEL LUCIDANTE!
DOV'È RASPUTIN?
LA PORTA!

LO DICO SEMPRE CHE QUESTE PORTE VANNO SISTEMATE!
STA BENE, VERO?
SÌ.
RASPUTIN È UN RIBELLE.
TENTA LA FUGA OGNI MESE.
TU L'HAI SALVATO!
CLANK

QUESTO CANE NON È UN SEMPLICE CANE.
TUTTI I PADRONI DICONO LO STESSO DEI PROPRI CANI...
PERÒ RASPUTIN È DIVERSO!
IO SONO SOLO UN VECCHIO.
SE MI GUARDO ALLE SPALLE, VEDO TANTI ANNI DI DURO LAVORO.
DI DEDIZIONE.
È COME D'ESTATE, QUANDO RIMANI IN SPIAGGIA FINO AL TRAMONTO.
UUUGH...
LE ORE PIÙ BELLE DELLA GIORNATA SONO PASSATE.
UN PO' PER VOLTA, GLI ALTRI SE NE SONO ANDATI E TU SEI RIMASTO DA SOLO.
VEDO IL TRAMONTO.
A VOLTE MI SENTO MALINCONICO, COME NEL FINALE DI QUEL FILM IN CUI IL PROTAGONISTA NASCE VECCHIO E MUORE BAMBINO...
MHM...
COM'È CHE SI CHIAMA?
BENJAMIN BUTTON.
MA NO!
QUELLO CON BRAD PITT!
BENJAMIN BUTTON, CAZZO!
NO!
VABBE', DAI, LASCIA STARE, FINISCI DI PASSARE IL LUCIDANTE.

EHH???
MA PERCHÉ NON CUCINI QUALCOSA CHE SAPPIAMO COME SI SCRIVE?

MA NON ERI IN SALOTTO?!
HO SENTITO IL RUMORE DEL COPERCHIO.
ED ECCOTI QUA, COME IL CANE DI PAVLOV.
HAI RISPETTATO LA REGOLA DELLA PREVALENZA?
CI DEV'ES-SERE ALMENO UN SAPORE BUONO CHE PREVALGA SU QUELLO DELLE VERDURE O ALTRE ROBACCE!
NON HAI ANCORA BUTTATO LA SPAZZATURA!
TI HO DETTO CHE LO FACCIO!
SE NON LO FAI TU, LO FACCIO IO!
DOPO!
E PERCHÉ NON LO FAI ORA?
ORA NON POSSO!
MA SE SEI QUI A ROMPERE LE PALLE!
MI STAI SOLO GIRANDO INTORNO COME UNA MOSCA!
EVVABBENE!
VADO, VADO!
E PRIMA DI TORNARE VAI SUL TETTO, E PRENDIMI DUE FOGLIE DI BASILICO.
E DEL TIMO.

CLICK
CLICK
COS'È CHE VOLEVA?

TAP
TAP
TAP
TAP

A-HAAA!
SEI SICURO DI VOLER ELIMINARE QUESTA FOTO IN MODO DEFINITIVO?
SÌ
ANNULLA
ST!
TAP
TAP TAP
TAP
TAP
SEI SICURO DI
VOLER ELIMINA
QUESTA FOTO IN
MODO DEFINITIV
SÌ
ANNULLA
TAP
TAP

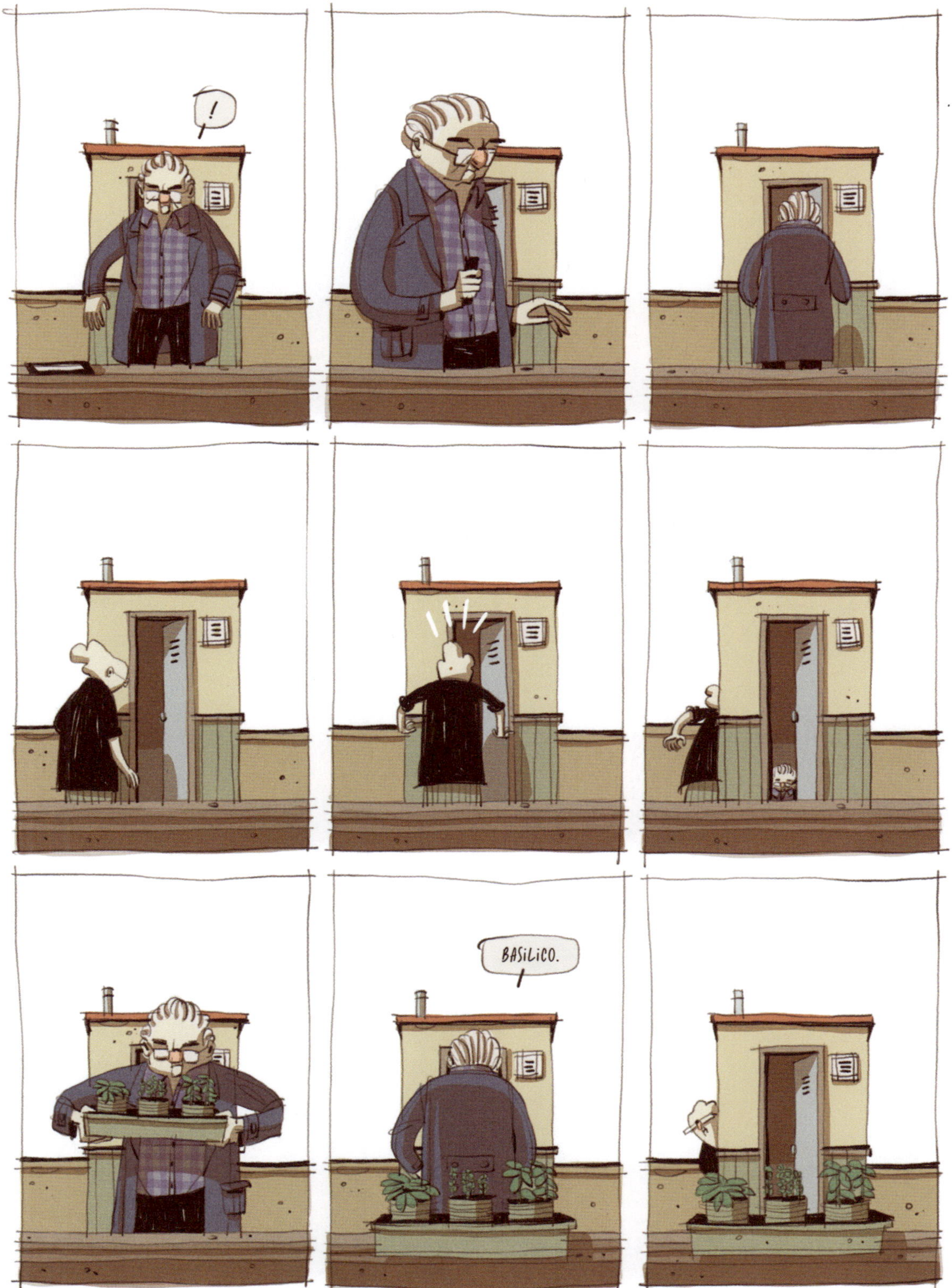
!
BASILICO.

ECCO, VEDI?
COMPARE SEMPRE 'STA COSA E NON POSSO PIÙ USARE INTERNET!
A CHE SERVE L'ANTIVIRUS?
MICA È COSTATO POCO!
L'ANTIVIRUS NON FUNZIONA PERCHÉ QUEL BANNER NON È UN VIRUS.
COME SAREBBE A DIRE?
MICA CE L'HO MESSO IO, CERTO CHE È UN VIRUS!
TI AVEVO GIÀ SPIEGATO COME TOGLIERE I BANNER.
DOVRESTI SCRIVERTELO.
L'HO FATTO! MA NON CAPISCO QUELLO CHE HO SCRITTO.
SOLO... DA DOVE ARRIVANO, QUESTI COSI?!
BOH... SITI PORNO SBAGLIATI?
IMPOSSIBILE, IO USO IL TELEFONINO NUOVO.
TRA VENTI MINUTI È PRONTO!
LEI!

VEDIAMO!
LA CRONOLOGIA L'HA CANCELLATA, MA I COOKIES NO...
IO PASSO, GRAZIE.
SCENDO DAL VECCHIO, DEVO STUCCARE IL BAGNO.
DARE UNA MANO QUI NO, EH?
ECCOMI.
C'È UN BUCO ANCHE NELLO SGABUZZINO.
TU INTANTO INIZIA, IO METTO SU L'ACQUA PER I BUCATINI CHE MI HA MANDATO MIA CUGINA.
STAVO GUARDANDO IL TELEGIORNALE.
PARLANO DEL CLIMA, TANTO PER CAMBIARE.
MILIONI DI PERSONE SORPRESE DALLO SCOOP: PIOGGIA IN AUTUNNO.
WOOOSH
FFFGGH
MA D'ALTRONDE...
SE LE FAINE SONO GRASSE VUOL DIRE CHE CI SONO TANTI POLLI.

SPERIAMO CHE NON PIOVA PER LA PARATA.
DRIIINNN
LA POSTINA!
BAU
BAU BAU BAU BAU
BAU BAU
RASPUTIN, BASTA!
BAU
C'È UNA CREPA ANCHE LÀ SOTTO.

SEI MOLTO CAMBIATO.
DA BAMBINO ERI INSOPPORTABILE.
RICORDO ANCORA QUELLA VOLTA CHE DESTI FUOCO AL MIO ZERBINO.
E CHE PER SPEGNERE IL FUOCO CI URINASTI SOPRA.
TUA ZIA FACEVA FESTA OGNI VOLTA CHE ANDAVI VIA.
MA SEI DIVENTATO MATURO, SI VEDE.
IO LE CAPISCO AL VOLO, CERTE COSE.
SÌ.
APPREZZO QUANDO QUALCUNO CAPISCE QUAL È IL SUO POSTO.
LO VUOI SAPERE?
COSA?
PERCHÉ OGNI SETTIMANA MI ARRIVA DEL RISO PER POSTA, LO VUOI SAPERE?

DIMITRI.
SUNGJIN!
ERO SICURO DI TROVARTI QUI.
IL BAR CON LA MIGLIOR VISTA DELLA CITTÀ.
QUESTA MATTINA SEI STATO PROPRIO UNO STRONZO.

SUNGJIN, ANCHE...
ANCH'IO HO TANTA PAURA DI PERDERTI...
SE SOLO TU ACCETTASSI LA MIA PROPOSTA.
DI SCAPPARE?
DI FARE I FUGGITIVI PER TUTTA LA VITA?
DI STARE INSIEME!
SUNGJIN, LE NOSTRE NAZIONI NON SARANNO PERFETTE, MA SONO LE NOSTRE CASE.
DOBBIAMO DIFENDERLE.
SERVIRLE!
PER TE È PIÙ FACILE!
A TE PIACCIONO ANCHE LE DONNE, TU PUOI SCEGLIERE DI AVERE UNA VITA PIÙ FACILE... PIÙ FELICE!
SCEGLIERE?!
COME PUOI CREDERE CHE IO POSSA SCEGLIERE CHI AMARE? O PER CHI PROVARE DESIDERIO?
AH, GIÀ, DIMENTICAVO, TU SEI GIÀ INNAMORATO.
DEL PARTITO!
MA SAPPI CHE SOLTANTO UN INGENUO PUÒ PENSARE DI RESISTERE PER SEMPRE AI PROPRI DESIDERI!
IL DESIDERIO È SOTTILE.
SI INFILA ANCHE SOTTO AL CANCELLO PIÙ ROBUSTO!

HO AVUTO UN'IDEA GRANDIOSA!
TI MANDERÒ DEL RISO OGNI SETTIMANA, COSÌ TI SARÀ IMPOSSIBILE DIMENTICARTI DI ME!
RISO?!
SÌ, LO SO, SEMBRA UNA COSA STUPIDA, MA PENSACI UN MOMENTO!
SE TI SCRIVESSI DELLE LETTERE POTREBBERO ESSERE INTERCETTATE.
E NOI PERSEGUITATI.
CONDANNATI!
LO SAI BENE COSA FANNO A QUELLI COME NOI!
IO TI INVIERÒ DEL RISO OGNI SETTIMANA, COSÌ, PER GIOCO. E TU SAPRAI CHE TI PENSO.
RISO, SUNGJIN?!
NON SERVIRANNO PAROLE.
LO FARÒ SOLO FINO A QUANDO CI RIVEDREMO!
MA È DA PAZZI
PAZZI! LO SO.
E, SE QUALCUNO DOVESSE MAI CHIEDERTI QUALCOSA, TU HAI BEN DUE OPZIONI, PENSA!
A: FARE LA TUA SOLITA FACCIA DA ROTTWEILER E NON RISPONDERE.
B: DIRE CHE UNA RICCA E AFFASCINANTE MADAMA BUTTERFLY TI SPEDISCE DEI CHICCHI DI RISO DELLA SUA PREGIATA SELEZIONE.
E QUESTO PER RICORDARTI LA VOSTRA ROVENTE LIAISON!
C: UN SADICO MINGHERLINO ASIATICO VUOLE SOMMERGERE L'OCCIDENTE UN CHICCO DI RISO ALLA VOLTA!

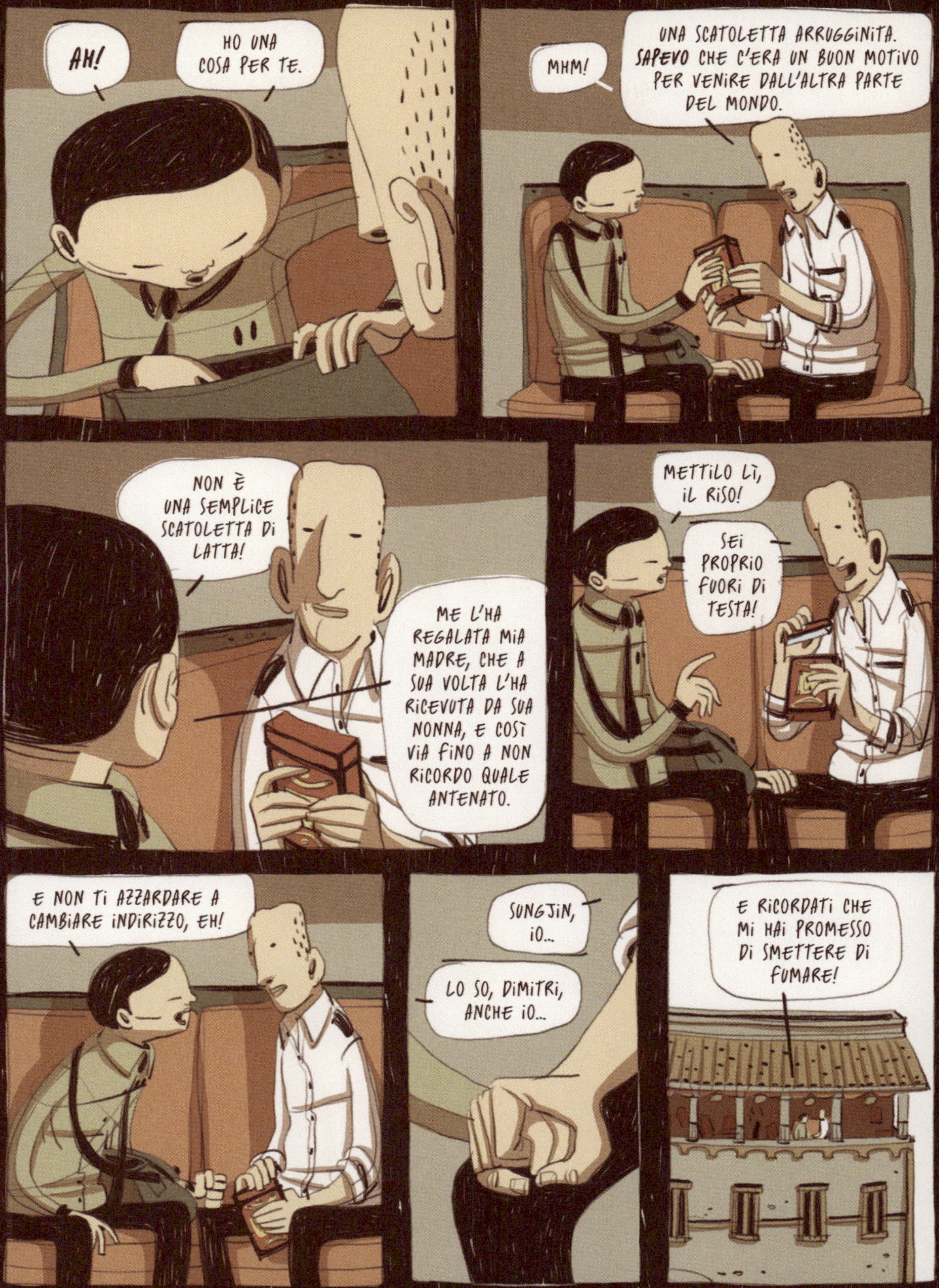
AH!
HO UNA COSA PER TE.
MHM!
UNA SCATOLETTA ARRUGGINITA. SAPEVO CHE C'ERA UN BUON MOTIVO PER VENIRE DALL'ALTRA PARTE DEL MONDO.
NON È UNA SEMPLICE SCATOLETTA DI LATTA!
ME L'HA REGALATA MIA MADRE, CHE A SUA VOLTA L'HA RICEVUTA DA SUA NONNA, E COSÌ VIA FINO A NON RICORDO QUALE ANTENATO.
METTILO LÌ, IL RISO!
SEI PROPRIO FUORI DI TESTA!
E NON TI AZZARDARE A CAMBIARE INDIRIZZO, EH!
SUNGJIN, IO...
LO SO, DIMITRI, ANCHE IO...
E RICORDATI CHE MI HAI PROMESSO DI SMETTERE DI FUMARE!

DA ALLORA NON CI SIAMO MAI PIÙ RIVISTI.
L'UNICA PROVA DEL FATTO CHE PENSA ANCORA A ME...
CHE LU...
LEI!
CHE LEI MI AMA...
... SONO QUEI DUE CHICCHI DI RISO CHE MI ARRIVANO OGNI SETTIMANA.
DA CINQUANTATRE ANNI...
SONO SU QUELLA SPIAGGIA, AL TRAMONTO.
MA NON DA SOLO.
QUEL RISO È TUTTA LA MIA VITA.

DIMITRI, C'È UNA COSA CHE VORREI CHIEDERLE.
LEI HA LAVORATO TUTTA LA VITA PER LA GENDARMERIA.
ANCORA ADESSO È MOLTO CONOSCIUTO E STIMATO.
FORSE SA CHE SONO STATO SORTEGGIATO PER IL SERVIZIO MILITARE...
SI PARLA DI UNA GUERRA IMMINENTE...
NON VOGLIO ANDARCI!
HO...
PAURA.
LEI CHE HA COSÌ TANTE CONOSCENZE MAGARI POTREBBE...
NON SO...
POTREBBE AIUTARMI A ESSERE ESONERATO?
ORA...
UUUGH...
ORA SI SPIEGA TUTTO.
TU NON SEI AFFATTO CAMBIATO!
VENIRE QUI...
AIUTARMI...
ESSERE GENTILE...
IN REALTÀ NON TE NE FREGA NIENTE!
VUOI SOLO CHE IO TI AIUTI A DISONORARE LA NAZIONE!

NO!
NO, STUPIDO MOCCIOSO!
HAI CERCATO DI PLAGIARE LA PERSONA SBAGLIATA!
LA GENDARMERIA NAZIONALE TI METTERÀ IN RIGA!
BAU BAU BAU
FARÒ TUTTO QUELLO CHE È IN MIO POTERE AFFINCHÉ IL SERVIZIO SIA PROPORZIONALMENTE ADEGUATO ALLA TUA MANCANZA DI DEVOZIONE!
VECCHIO DI MERDA!
BAU BAU BAU BAU
LO SAPEVO!
LO SAPEVO CHE ERA TUTTO TEMPO SPRECATO!
BAU BAU BAU
SBAM
BAU BAU BAU
CLAK
MA CHE STAI FACENDO?!
VATTENE DA CASA MIA!

APRI QUESTA PORTA!
APRI!
BAM
APRI O TI FACCIO ARRESTARE!
BAM
BAM

VISTO?!
NON SONO POI COSÌ VECCHIO!
ORA SONO CAZZI TUOI!
PARE CHE A RASPUTIN IL RISO PIACCIA ANCHE POCO COTTO.
BASTA MESCOLARLO CON LA SUA PAPPETTA.
BAU

TUTTO!
SE L'È MANGIATO TUTTO!
VAI VIA!
SEI DA SOLO, SU QUELLA FOTTUTA SPIAGGIA!
CLANK

CLANK
ETTORE! HO VINTO UN iPHONE!
PERÒ NON SI CAPISCE DOVE DEVO METTERE L'INDIRIZZO PER LA CONSEGNA.
AH, PRIMA SERVE IL NUMERO DELLA CARTA DI CREDITO.
OKAY.
PFFF, CHE FESSI!
CI RIMETTONO E BASTA.
ETTORE!
DOPO CENA DEVI DARMI UNA MANO CON IL TELEFONO, C'È UN VIRUS PURE LÌ, SI CANCELLANO LE FOTO DA SOLE.
STO PARLANDO CON TE!
NON CENO!
SBAM

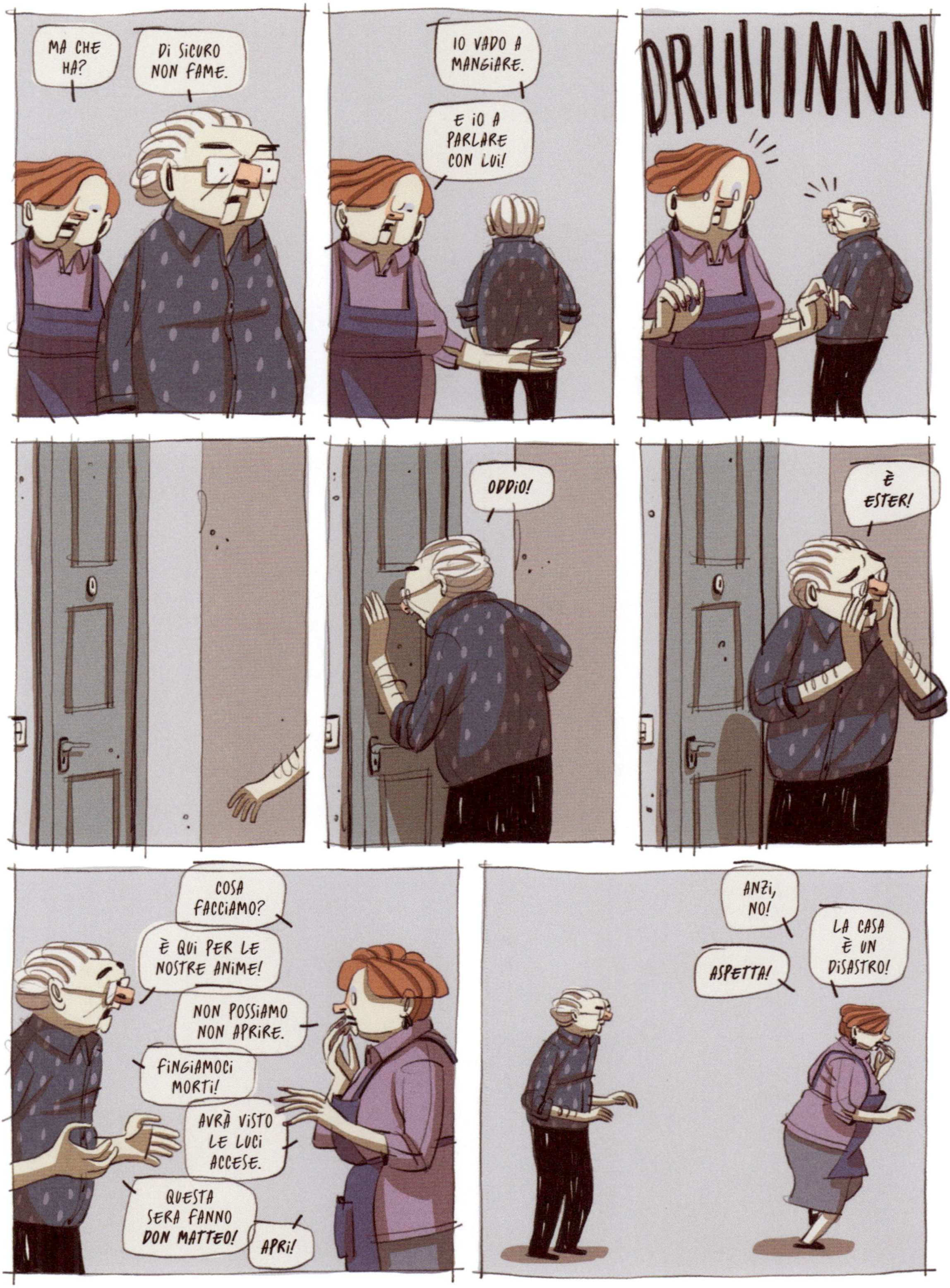
MA CHE HA?
Di SICURO NON FAME.
IO VADO A MANGIARE.
E iO A PARLARE CON LUi!
DRIIIIINNN
ODDiO!
È ESTER!
COSA FACCIAMO?
È QUI PER LE NOSTRE ANIME!
NON POSSIAMO NON APRIRE.
FINGiAMOCI MORTI!
AVRÀ VISTO LE LUCI ACCESE.
QUESTA SERA FANNO DON MATTEO!
APRi!
ANZi, NO!
ASPETTA!
LA CASA È UN DiSASTRO!

L'HAI GIÀ PASSATA, LA SCOPA!
VATTI A CAMBIARE!
METTITI LA CAMICIA DELLA MESSA!
COSA?! NON VOGLIO METTERMI ELEGANTE PER LEI E IL SUO IMENE RINSECCHITO!
CAMBIATI, HO DETTO!
EEEEESTER!
BUONASERA.
MA CHE BELLA SORPRESA!
SONO VENUTA A RESTITUIRVI LE VIDEOCASSETTE DI TURISTI PER CASO.
VIDEO... CASSETTE?
GLIELE ABBIAMO DATE NEL...
1998.
LE HO RIAVVOLTE PRIMA DI SCENDERE.
GRAZIE.

STAVAMO PER CENARE.
ANCHE IO DEVO ANCORA MANGIARE.
VUOLE...
... FERMARSI A CENA DA NOI?
VOLENTIERI!
BENE!
MOOOLTO BENE!
PLIN
VADO AD APPARECCHIARE.
NON CON I PIATTI NORMALI, PERÒ.
USIAMO IL SERVIZIO BUONO.
IL...
IL SERVIZIO BUONO?
CERTO! IL SERVIZIO BUONO!

SA, ESTER, IO ED EMILIO PARLIAMO SPESSO DI QUANTO SIA STATA BUONA L'IDEA DI ABBATTERE QUELL'ALBERO.
TUTTA QUELL'OMBRA...
QUELL'UMIDITÀ...
VERO, EMILIO?
COME NO.
ESTER, LA VUOLE VEDERE QUALCHE VECCHIA FOTO DEL NOSTRO PALAZZO?
NO.
AH.

ESTER, LO SAPEVA CHE LA PORCELLANA IN EUROPA L'HANNO INIZIATA A PRODURRE APPENA NEL MILLECINQUECENTO A FIRENZ–
C'È ANCHE UN ALTRO MOTIVO PER IL QUALE SONO VENUTA.
COME VI TROVATE CON I NUOVI VICINI DI CASA?
PERSONE RISPETTABILI!
NIENTE DA ECCEPIRE.
IO LI TROVO DISGUSTOSI.
ANCHE NOI!
SCARAFAGGI!
LA LORO BAMBINA PIANGE IN CONTINUAZIONE!
SI SENTE CHE HANNO UN ODORE DIVERSO!
HO INIZIATO UNA RACCOLTA DI FIRME TRA NOI VECCHI CONDOMINI.
CON QUELLA POSSIAMO CHIEDERE ALL'UFFICIO RIASSEGNAZIONE IMMOBILIARE UNA RIVALUTAZIONE DEL NOSTRO PALAZZO E FARLI TRASFERIRE.
DOVE DEVO FIRMARE?
MA È SICURA CHE SI POSSA?
IL SUPPLENTE CI HA DETTO CHE ORMAI NON C'È NIENTE DA FARE.
È UN CARO RAGAZZO, MA NON È MOLTO PREPARATO.
C'È SEMPRE UN MODO.

CLICK

CLICK
LEI!
HA INQUADRATO ANCHE LA MIA BICI!
CANCELLI QUELLA FOTO!
FERMO!
APRITI! PER DIO!
CLANK

MA CHE CI FAI IN GIRO COSÌ PRESTO?
SONO ANDATO A
ETTORE È CON TE?
NO.
PERCHÉ?
...
PERCHÉ COSA?
DOV'È ETTORE?
IN CAMERA SUA NON C'È!
E DOVE VUOI CHE SIA ANDATO, A QUEST'ORA?!
VOLEVO PORTARGLI I PETALI DI VIOLETTA E HO VISTO CHE NON C'ERA.
QUI MANCANO ANCHE TUTTE LE SUE COSE.
CHIAMO MIA SORELLA.
DI SICURO È TORNATO A CASA.
SENZA NEMMENO SALUTARCI.
NÉ RINGRAZIARCI.
OVVIO!
NONONO!
... HA PIOVUTO SOLO UN PAIO DI GIORNI, POCO COMUNQUE...
SÌSÌSÌ!
LE AMETISTE SONO SUL DAVANZALE DELLA CUCINA.
ETTORE?
EHHHHMSSÌ!
STA BENE!
SÌ, SÌ, FA IL BRAVO!
È DI LÀ, DORME...

NO!
NON È NEMMENO LÌ.
ODDIO!
ODDIO!
ODDIO!
CALMA!
VADO A VEDERE IN CANTINA.
ODDIO!
ODDIO!
ODDIO!
CLANK!
NIENTE DA FARE!
CHE SIA DA QUALCHE AMICO?
ETTORE?
AMICI?
IMPOSSIBILE!
E FRA DUE GIORNI QUELLO STRONZETTO DEVE PRESENTARSI IN ACCADEMIA.
ODDIO!
È SCAPPATO!
ETTORE È...
NON DIRLO!
È...
NO!
UN DISERTORE!
E SI È PORTATO VIA ANCHE LO STEREO!
IN CANTINA NON C'È!

DRIIINNN

CLANK
VUOLE UN TÈ?
MA HA RIPRESO A FUMARE?
ANDIAMO IN CUCINA.
CE L'HA ANCORA QUELLA GRAPPINA COSÌ BUONA?
E RASPUTIN?
UUUGH...
NON C'È.
?
È SCAPPATO, NON SONO RIUSCITO A TROVARLO.
HO DETTO AL FACENTE FUNZIONE DI INSERIRE NELL'ORDINE DEL GIORNO CHE ABBAIAVA TROPPO, ULTIMAMENTE.
LO SO.
PER QUESTO HA GLI OCCHI ROSSI?
ESTER, IL MIO AMICO DELL'UFFICIO RIASSEGNAZIONE IMMOBILIARE...
UGOVITTORIO?
ME L'HA CONFERMATO: LA RACCOLTA FIRME NON SERVE PIÙ A NIENTE.
COME SAREBBE A DIRE?

CON IL PACCHETTO DELIBERE HANNO ELIMINATO ANCHE LA POSSIBILITÀ DI FARE RICORSO.
DEVE ESSERCI UN MODO!
ESTER, MA LEI COSA VUOLE OTTENERE ESATTAMENTE?
VOGLIO CHE CASA MIA SIA COME È SEMPRE STATA. CHE RESIDENZA ARCADIA SIA COME L'HO SEMPRE AMATA.
LEI VORREBBE CHE FOSSIMO SOLO NOI VECCHI INQUILINI.
ANCHE MENO.
E LEI, DIMITRI?
DI COSA HA PAURA?
PAURA?
LA MIA NON È PAURA.
LA MIA È CONSAPEVOLEZZA.
OVUNQUE NEL MONDO STANNO PROSPERANDO IDEE DI MALRIPOSTA TOLLERANZA.
IDEE PERICOLOSE E CONTAGIOSE CHE SI ACCUMULANO, CHE DIVENTANO PESANTI.
CHE SI TRASFORMANO IN VALANGHE.

IL PARTITO STA PERMETTENDO A QUESTE IDEE DI PROSPERARE.
DI MUOVERSI VELOCI COME SERPENTI DA UN CELLULARE ALL'ALTRO.
E QUANDO LE IDEE ATTECCHISCONO PREPARANO IL TERRENO PER ALTRE IDEE.
E POI ALTRE.
E ALTRE.
E ALTRE ANCORA.
E CON IL TEMPO, QUASI IMPERCETTIBILMENTE, QUELLE IDEE CHE ALL'INIZIO SEMBRAVANO BLANDE CONCESSIONI FINISCONO PER STRAVOLGERE IL MONDO.
LE VALANGHE UCCIDONO.
PER DECENNI IL PARTITO HA SAPUTO RISPONDERE ALLE PAURE DELLA GENTE.
CRIMINALITÀ.
DEGRADO.
DISOCCUPAZIONE.
PAURA DI TUTTO!
MA SOPRATTUTTO: DEGLI ALTRI.
IO E LEI SIAMO ABBASTANZA VECCHI DA RICORDARE LA POVERTÀ.
QUELLA VERA.
IO RICORDO IL RUMORE.
IL FRASTUONO DELLA PIOGGIA CONTRO IL SOFFITTO IN LAMIERA DELLA MIA CAMERETTA, QUANDO ERO BAMBINO.
RICORDO QUEL TERRORE.
TOK TOK TOK TOK TOK TOK TOK TOK TOK TOK TOK TOK TOK TOK TOK TOK TOK TOK TOK

NOI ABBIAMO AVUTO IL **PRIVILEGIO** DI VIVERE SULLA NOSTRA PELLE QUANTO QUESTA **GRANDE NAZIONE** ABBIA SAPUTO ELEVARE I NOSTRI STANDARD DI VITA.
NOI SAPPIAMO QUANTO DOBBIAMO ESSERLE **RICONOSCENTI**.
NON POSSIAMO INVERTIRE IL TEMPO, DIMITRI.
DOBBIAMO IMPARARE A CONVIVERE CON QUESTA MALATTIA.
ESTER, CONOSCE LA VITA **DI SAN PIO V?**
IL PAPA DEL SEDICESIMO SECOLO.
MI PARE DI NO.
PIO V ERA UN UOMO AUSTERO E INTEGERRIMO.
DURANTE IL SUO PAPATO SI PRODIGÒ PER SOFFOCARE LE ECCESSIVE APERTURE DEL SUO PREDECESSORE, PIO IV.
ERETICI, ATEI E OPPOSITORI FURONO PERSEGUITATI CON ANCORA PIÙ VEEMENZA.
AVREBBE VINTO A MANI BASSE L'OSCAR PER LA MIGLIOR INQUISIZIONE.
È INCREDIBILE LA QUANTITÀ DI **SACRIFICI** DI CUI UN **SANTO** DEVE FARSI CARICO PER MANTENERE L'**ORDINE**.
PER MANTENERE **SOLIDE** LE BASI DELLA PROPRIA COMUNITÀ.

ESISTEVANO SUL SERIO, GLI OSCAR DELL'INQUISIZIONE?
UUUGH...
IL PARTITO È STANCO. LA STANCHEZZA PORTA A COMMETTERE ERRORI. È NOSTRO DOVERE AIUTARLO.
CHE COS'È?
DOCUMENTI.

DOCUMENTI SCRITTI DA UN TERRORISTA.
IO SO CHE LEI HA LA CHIAVE DEL LORO APPARTAMENTO.
UUUGH...
CARLA GLIELA DIEDE MOLTI ANNI FA.
ALL'EPOCA ERAVATE GRANDI AMICHE.
SI SENTIVA AL SICURO SAPENDO CHE LEI NE AVREBBE AVUTA UNA COPIA.
DA ALLORA LA SERRATURA NON È MAI STATA CAMBIATA.
I NUOVI INQUILINI SONO AL LAVORO TUTTO IL GIORNO, LASCIANO LA BAMBINA ALL'ASILO.
ENTRI IN CASA LORO E NASCONDA QUEI DOCUMENTI DA QUALCHE PARTE.
LA GENDARMERIA NAZIONALE FARÀ IL RESTO.

NON SOLO CI LIBEREREMO DI LORO, MA CON UN PO' DI FORTUNA QUESTA COSA SARÀ ENFATIZZATA DAI TELEGIORNALI E DAGLI ABERRANTI LATRATI DEL WEB, E MAGARI QUALCUNO DEL PARTITO PROPORRÀ UN PASSO INDIETRO SUL PACCHETTO DELIBERE.
NOI POSSIAMO CURARE QUESTA MALATTIA, ESTER.
POSSIAMO FERMARE LA VALANGA PRIMA CHE TRAVOLGA RESIDENZA ARCADIA.
E PER QUANTO RIGUARDA LE PETUNIE?
QUELLE SPARIRANNO APPENA TORNERÀ ATTILIO.
AVREMO LE NOSTRE GARDENIE.
CLANK
SALVE!

CLANK
AH! BUONGIORNO!
GLIELO DICA!
GLIELO DICA ANCHE LEI A MIO MARITO CHE È UN DEFICIENTE!
HA RISPOSTO A UNA SIGNORINA CHE LO HA FERMATO CHIEDENDOGLI QUAL È L'ULTIMO LIBRO CHE HA LETTO E BAM!
ORA SIAMO VINCOLATI A QUELLA LIBRERIA FINCHÉ L'APOCALISSE NON CE NE LIBERA!
BUONGIORNO.
CLANK

LEI!
MAR...
MIRTA!
VEDO CHE HA COMPRATO UN NUOVO CANARINO.
EMILIO HA PUBBLICATO UN'ALTRA FOTO DELLA MIA BICI!
GLIELA FACCIA TOGLIERE SUBITO!
HO GIÀ AVVISATO ATTILIO.
TORNA DOMANI.
OGGI È IL MIO ULTIMO GIORNO QUI.
BENE.
ARRIVEDERCI.
CLANK
ARRIVEDERCI, MIRTA.

CLINK
CLINK
CLINK
CLICK
CLANK

CLICK

CLANK

TERRORISTI?!
PROPRIO COSÌ.
ODDIO!
ODDIO!
ODDIO!
IL PERICOLO SI ANNIDA OVUNQUE.
ODDIO!
ODDIO!
ODDIO!
I TERRORISTI!
QUI!
DI NUOVO!
LO SAPEVATE CHE IL TERRORISMO COSÌ COME LO CONOSCIAMO NOI OGGI È NATO DURANTE LA RIVOLUZIONE FRA
NON ATTACCARE!
A NESSUNO GLIENE FREGA NIENTE DELLA RIVOLUZIONE FRANCESE!
E ORA?
COSA DOBBIAMO FARE?

SAPERE E NON AGIRE RENDE COMPLICI.
ATTILIO HA RAGIONE.
DENUNCIARLI È UN DOVERE.
È UNA COSA CHE PUÒ SPAVENTARE, MA È UN ATTO DI GRANDE PATRIOTTISMO.
QUAL ERA IL MIO BICCHIERE?
QUELLO ROSSO.
QUELLO È DI DIRCE.
NO!
IO STAVO USANDO QUELLO GIALLO.
DOVEVO FARMI SPEDIRE PIÙ AMETISTE E OSSIDIANE.
LA CASA SAREBBE STATA PIÙ PROTETTA!
MA SE LE SUE FONTI SONO COSÌ ATTENDIBILI, PERCHÉ NON LI HA GIÀ DENUNCIATI?
SONO UN UOMO CORRETTO.
ERA GIUSTO METTERVI AL CORRENTE PRIMA.
L'INDOMANI QUI SI RIEMPIRÀ DI GIORNALISTI, DI CURIOSI...
DI DIMOSTRANTI.
PER UN PO' SAREMO SOTTO ASSEDIO.
FARÒ IO LA DENUNCIA.
NO!

Come sapete Ettore non si trova più...
È...
andato via.
Questo avrà delle ripercussioni molto gravi sulla nostra famiglia...
Fare questa... cosa potrebbe giocare a nostro favore in caso di problemi con il tribunale nazionale...
Dateci questa opportunità.
Per favore.
La grande parata di domani non sarà solo la celebrazione della nazione.
Sarà anche la celebrazione del vostro coraggio.
Vivivi vi chiedo scusa...
Io devo...
Ho dimenticato dididi...
Devo andare a cambiare il mangime del signor Werther.
CLANK

BENE.
ALLORA, LO FARETE VOI?
NON È UNA COSA DALLA QUALE SI TORNA INDIETRO.
SÌ!
SÌ, NOI...
GRAZIE.
EMILIO.
POTREBBE GENTILMENTE CANCELLARE LE FOTO DELLA BICI DI MIRTA?
SÌSÌSÌ, CERTO!
SUBITO.
FORSE...
FORSE È IL CASO DI ANDARE.
MHM?
SÌ, SCUSATECI, ANDIAMO ANCHE NOI.
NON SARÀ UNA NOTTE FACILE.
CLANK

MI AVVIO ANCHE IO.
INIZI A PREPARARE I DOCUMENTI PER L'UFFICIO RIASSEGNAZIONE IMMOBILIARE?
OGGI STESSO.
LA PARATA DI DOMANI SARÀ UNA GRAN PARATA.
SU QUESTO NON CI SONO DUBBI.
CLAN
IL SENSO DI COLPA LI DILANIERÀ.
SI PUÒ CONVIVERE CON IL SENSO DI COLPA.
LA CONSAPEVOLEZZA DI AVER AGITO PER IL BENE ALLA FINE PREVARRÀ.
SE NE CONVINCERANNO. CI SI CONVINCE DI TUTTO.

AVER RIGATO PER SBAGLIO LA MACCHINA DI UNA VICINA E NON AVER DETTO NIENTE NON È UN GRAN SENSO DI COLPA.
UUUGH...
NON QUANTO AVER DENUNCIATO IL MARITO DI UNA VICINA DI CASA... QUESTO È CERTO, ESTER.
E COMUNQUE AVEVO RAGIONE IO, EMILIO STAVA USANDO IL BICCHIERE ROSSO.

GUARDA QUANTA GENTE...
METÀ NAZIONE SI DEV'ESSERE RIVERSATA IN CITTÀ.

GUARDA!
QUELLE MACCHINE DELLA GENDARMERIA...
NON SONO QUI PER LA PARATA.
VIENI, ALLONTANIAMOCI DALLA FINESTRA.
CLICK

TOC TOC
TOC
TOC
TOC
TOC
TOC TOC TOC
TOC TOC
TOC
TOC TOC
TOC
TOC
TOC TOC
TOC
TOC
TOC TOC
TOC
TOC
TOC
TOC TOC
TOC
TOC
S...
SÌ?

SIETE IN ARRESTO!
MANI DIETRO LA SCHIENA!
NON OPPONETE RESISTENZA!

Li abbiamo presi entrambi!
Manca solo la bambina!
Dov'è???
Rispondi!!!
Cercate dappertutto!
Trovatela!
Veloci!
Aprite o buttiamo giù!
BAM
BAM
BAM
BAM
Cercate anche sotto ai letti!
SBLAM

QUI NON C'È!
VIA!
VIA!
VIA!
SBAM
CHE COSA ABBIAMO FATTO?!
COME SIAMO ARRIVATI A TANTO?
DIRCE...
ABBIAMO FATTO QUELLO CHE ANDAVA FATTO!
MA NE SEI SICURO? IO NON SO SE...
DIRCE!
È COME QUELLA VOLTA CHE HAI DIMENTICATO DI TIMBRARE IL BIGLIETTO SULL'AUTOBUS E IO L'HO DETTO AL CONTROLLORE.
ERA GIUSTO!

SBLAM
NON QUI..

SBLAM
DOV'È LA BAMBINA???
MIRTA!
L'HA PRESA MIRTA!
LA DONNA CON GLI OCCHIALI!
L'HO VISTA SCENDERE!
TUTTI FUORI!
SEGUITE LA DONNA CON GLI OCCHIALI!

HOTEL

LEI NO!
LA BAMBINA NO!
FERMA!

CLANK

CLAN
EMILIO?
SVIK SVIK
SVIK SVIK
EMILIO?
LA LAMPADINA DEL BAGNO È A POSTO.

EMILIO!
MHM?
TORNANDO A CASA SONO PASSATA PER IL PORTO ANTICO.
HANNO TRANSENNATO L'EDIFICIO DEL VECCHIO BRUCO.
AH.
PARE CHE SIA DIVENTATO INSTABILE E CHE DOVRANNO DEMOLIRLO.
MHM.
OH.
PERÒ IO HO FATTO DELLE FOTO RICORDO!
SAI...
NON MI HAI MAI RACCONTATO COME VA A FINIRE LA SUA STORIA...
QUANDO ERO PICCOLO ERAVAMO MOLTO
NON DALL'INIZIO, PERÒ!
VAI AL SUCCO!

DOV'È???
"E LO SAI PERCHÉ?
"PERCHÉ QUEL LIBRO NON ESISTE.
"NON È MAI ESISTITO!
"IL SIGNOR OSNABRÜCK STA DIVENTANDO MATTO.
"È LA VECCHIAIA..."
QUEL LIBRO INESISTENTE DIVENNE LA SUA SOLA RAGIONE DI VITA.
L'UNICO MOTIVO PER CUI MUOVEVA LE LABBRA.
CON IL PASSARE DEI MESI, IL VECCHIO SI AMMALÒ.
PASSAVA TUTTE LE SUE GIORNATE A LETTO.
UN GIORNO SEMBRAVA STARE PEGGIO DEL SOLITO.
COSÌ AGATHA MI PORTÒ A SALUTARLO PER L'ULTIMA VOLTA.
ERA CONVINTA CHE L'INDOMANI SAREBBE STATA DISOCCUPATA.
PER UN MOMENTO SEMBRÒ RICONOSCERMI.
"RAGAZZO...
"NON È CHE TU PER CASO HAI VISTO IL MIO LIBRO?"

PRESO DALL'AGITAZIONE AFFERRAI IL PRIMO LIBRO A PORTATA DI MANO.
"ECCOLO!
"È QUESTO, VERO?"
I SUOI OCCHI BRILLARONO.
"È PROPRIO LUI! L'HO CERCATO COSÌ A LUNGO!"
POI MI DISSE UNA COSA CHE NON HO MAI DIMENTICATO.
"IL VERO PAZZO È COLUI CHE NON CERCA."
QUALCHE ORA PIÙ TARDI, MORÌ.
... E?
E NIENTE, GLI ERA PARTITA LA TESTA!

MA NO!
MA...
MA COSA VUOL DIRE?
NON PUÒ FINIRE COSÌ!
AVEVA TUTTI I LIBRI DEL MONDO E L'UNICO CHE VOLEVA NON ESISTEVA?
ERA PAZZO SUL SERIO?
ERA PRIGIONIERO DI SE STESSO.
UN PO' COME TUTTI, NO?

SKAFF
HA SAPUTO?
HANNO TROVATO DEI NUOVI AFFITTUARI PER L'APPARTAMENTO DEI FALINI.
GIUSTO IN TEMPO PER LE GARDENIE.
È STATO IL FACENTE FUNZIONE AD AVVISARLI.
PROBABILMENTE LO HA SAPUTO A SUA VOLTA DA ATTILIO.
PROBABILMENTE.
E...
... PERCHÉ HA FATTO IN MODO CHE MIRTA NON FOSSE INCRIMINATA?
IO LO SO CHE È STATO LEI.

LEI...
LEI HA GIÀ SCONTATO LA SUA PENA.
MHM.
SARÀ...
ABBIAMO DIFESO LE NOSTRE CASE.
LE NOSTRE CONVINZIONI.
PERÒ DOBBIAMO RESTARE VIGILI.
NON POSSIAMO SAPERE COSA CI RISERVA IL FUTURO.

MA NOI FAREMO TUTTO QUELLO CHE POTREMO.
IL PARTITO INDICE LE ELEZIONI!
È LA FINE DI UN'ERA

TUTTO QUELLO CHE SARÀ NECESSARIO.
GLI ANNI PASSERANNO E ALLORA SAPREMO.
CHISSÀ COSA RESTERÀ DELLE NOSTRE AZIONI.

CHI LO SA.

RASPUTIN, ANDIAMO!
FORZA!
BAU BAU BAU
BAU BAU

Grazie a

Michele, Caterina e a tutti i BAO, per avermi
dato lo spazio e la libertà di cui avevo bisogno.
Lorenz, per aver fatto della mia calligrafia
un font che da solo vale tutto il libro.
Mamma e zia Gladys, per il riso.
Andrea, per i pontefici e la Controriforma.
Gabriele, per i petali di violetta.
Eleonora, per seguire da sempre il mio lavoro.
Patrizia, perché *sei il formaggio grattugiato sulla mia pasta*
(semicitazione di Julia Child).

E a tutti i croissant che si sono sacrificati
in nome dell'ispirazione: il mio cuore è con voi.